文春文庫

祝言日和

酔いどれ小籐次（十七）決定版

佐伯泰英

文藝春秋

目次

主な登場人物

赤目《あかめ》小《こ》籐次《とうじ》　元豊後森藩江戸下屋敷の厩番。藩主の恥辱を雪ぐため藩を辞し、大名四家の大名行列を襲って御鑓先を奪い取る騒ぎを起こす（御鑓拝借）。来島水軍流の達人にして、無類の酒好き

赤目駿太郎　刺客・須藤平八郎に託され、小籐次の子となった幼児

おりょう　大身旗本水野監物家奥女中。小籐次とは想いを交わし合った仲

久慈屋昌右衛門　芝口橋北詰めに店を構える紙問屋の主

観右衛門　久慈屋の大番頭

おやえ　久慈屋のひとり娘

浩介　久慈屋の番頭。おやえとの結婚が決まる

国三　久慈屋の小僧。西野内村の本家で奉公をやり直す

細貝忠左衛門　久慈屋の本家の当主

秀次　南町奉行所の岡っ引き。難波橋の親分

新兵衛　久慈屋の家作である長屋の差配だったが惚けが進んでいる

お麻　新兵衛の娘。亭主は錺職人の桂三郎、娘はお夕

勝五郎　新兵衛長屋に暮らす、小籐次の隣人。読売屋の下請け版木職人。女房はおきみ

空蔵《そらぞう》　読売屋の書き方。通称「ほら蔵」

うづ　平井村から舟で深川蛤町裏河岸に通う野菜売り

梅五郎　駒形堂界隈の畳職・備前屋の隠居。息子は神太郎

万作　深川黒江町の曲物師の親方。息子は太郎吉

美造《よしぞう》　深川蛤町の蕎麦屋・竹藪蕎麦の親方。息子は縞太郎

青山忠裕《ただやす》　丹波篠山藩主、譜代大名で老中。小籐次とは協力関係にある

おしん　青山忠裕配下の密偵。中田新八とともに小籐次と協力し合う

太田静太郎　水戸藩小姓頭の嫡男。許婚の鞠姫と祝言を挙げた

祝言日和

酔いどれ小籐次（十七）決定版

第一章　夏風邪

一

文政三年（一八二〇）夏。

この日、赤目《あかめ》小籐次《ことうじ》は駿太郎《しゅんたろう》をおぶって、芝口橋南詰芝口一丁目裏の本道《ほんどう》（内科医）倉村元庵の診療所を訪ねようとしていた。

近頃、駿太郎は小柄な小籐次ではもてあますほどの大きさになり、ずしりと重かった。その体で高熱を発し、ぐったりしているせいでさらに重く、熱が背中に伝わってきた。

目指す銀杏《いちょう》の大木が見えた。

小籐次はこれまで怪我以外、医師にかかったことがない。丈夫な体に産んでくれた母親に感謝すべきだろうが、芝口橋近くに医師が看板を掲げているなど知らなかった。そこで紙問屋久慈屋《くじや》の大番頭観右衛門に相談すると、

「なにっ、駿太郎様が熱を出されたですと」

と背に負うている駿太郎の額に手をあて、

「これは大変じゃ、奥に寝かせて下され。医師は小僧に呼ばせましょう」

と言った。

「いや、観右衛門どの、呼ぶ手間をかけるより、それがしが近くのお医師の下に駆け込んだほうが早い」

「それもそうですな。近いとなれば元庵先生か。おられればよいが」

観右衛門は含みのある言葉を吐いた。

「なにっ、その医師はそれほど忙しいのでござるか」

「なあに釣きち医者と呼ばれるほどの釣好きでしてね。暇があると腰に酒を詰めた瓢箪《ひょうたん》をぶら下げ、木挽橋《こびきばし》の釣宿から舟を出して釣三昧《ざんまい》、そのような日に行きあたると病人は災難です。病人は諦《あきら》めるか余所《よそ》を探すしかない」

「それでも待っておる病人がおられるので」

「腕は悪くありません。親父様も町医者で名医と評判だったし、当人も診立《みた》ては

確か、薬の調合も達者でな、昔からの馴染《なじ》みが多いのです」

「訪ねてみよう」

「だれぞ案内をつけましょうか」

「なあに芝口一丁目なら橋を渡ったところ、探しあぐねるならばその辺りの人に訊《き》けば診療所を教えてくれよう」

「前の御堀に面しておりませんでな、芝口一丁目の南側から裏道に回り、大きな銀杏の木がある下に傾きかけた門がございます。釣きち医者、銀杏の先生と尋ねられればすぐに分ります」

観右衛門に教えられて東海道に通じる芝口一丁目を南側から回り込むと、確かに裏道に銀杏の老木が聳《そび》えていた。

小籐次は、これまで長いこと芝界隈《かいわい》に世話になりながら、この景色に覚えがないことに驚いた。やれやれと診療所に急ぐと銀杏の下の門には、

「本日休診一日閉門」

の木札が掛かっていた。

「しまった、釣りに行っておられるか」

小籐次の呟《つぶや》きを通りがかりの棒手振《ぼてふ》りが聞いたか、

「おまえさん、銀杏の先生のところは初めてかい」

と声をかけてきた。

小籐次が振りかえる前にぷうんと魚の生臭い臭《にお》いがしたところをみると、棒手振りは魚屋らしい。

「なんだい、酔いどれ様かい。子供が病《やまい》か」

「今朝《けさ》から熱を発してな、額を冷やしておったが一向に下がる気配がない」

「そいつは心配だな」

天秤《てんびん》の先にからげた空の商売道具を銀杏の幹元に置くと、傾きかけた門をがさがさと揺すり、閂《かんぬき》を器用にも払い落とすと門内に入り、

「銀杏の先生、いるんだろう。最前ちらりと姿を見かけたんだ。出ておいでよ、売れ残った鰯《いわし》をあげるよ」

とまるで猫に餌《えさ》をやるみたいな言葉を奥に向って叫んだ。

だが、なんの返答もない。

「病人なんだよ、居留守を使うんじゃないよ」

しばらく無言の時が流れたが、棒手振りも諦めず、

「よう先生、酒を飲むには相手がいろう。いい相手がいるんだがね」

「魚竹、病人に余所に行けと伝えよ。うちに歩いてくるくらいの病人ならば黙っていても治る」

という無情な声が戻ってきた。小籐次は、

（なんという医者か、これではだめだ）

と諦めかけた。すると魚竹と呼ばれた棒手振りが、

「病人は子供だよ。熱があるんだとよ」

「なに、子供か。それを早く言わぬか。どこの子か」

ごそごそとした気配は昼寝でもしていたか、そんな感じがした。

「御鑓拝借《おやりはいしやく》の酔いどれ小籐次様の子だよ」

「なにっ、酔いどれ様じゃと。これはなんとも稀有《けう》なことじゃぞ。もそっと早く酔いどれ小籐次と言わぬか」

急いで着替える様子があって、

「酔いどれ様に子があるということは、嫁女がいるということか、魚竹」

と家の中から問い直した。

「読売だと、なんでも絶世のたぼをさ、須崎村の望外川荘《ぼうがいせんそう》とかいう大きな御寮に囲ってるという話だがよ。その北村おりょう様とかいう歌人だかの子供かね」

小籐次をそっちのけに二人は無責任な会話を繰り返していたが、不意に戸が開いて、

「どおれ」

と馬面《うまづら》が覗《のぞ》き、

「ほう、酔いどれ様はなりは小さいが、大きな面じゃのう」

と余計なことをぬかした。

「釣きちの先生、おまえ様とて馬が驚くほどの長い面ではないか。わが子が熱を発して息たえだえなのじゃぞ。他人の顔の話などこの際どうでもよかろう。診てくれるかくれぬのか、どうなのだ」

小籐次はいささか苛立《いらだ》って睨《にら》んだ。

「うへえい、酔いどれ様にひと睨みされたら、わしにも風邪《ふうじゃ》が感染《うつ》ったようじゃ。診る。魚竹が酔いどれ様なら酔いどれ様と先に言えば、すぐにこの馬面を出したものを」

と言い訳しながら、

「どおれ、土間に入ってな、背中から子を下ろせ。紐《ひも》を解《ほど》いて後ろを向け」

と馬面を引っ込めながら命じた。

小籐次は言われるがまま土間に入った。

三和土《たたき》は八畳ほどの広さで、壁際に縁台があり、患者が腰かけて待つ仕組みらしい。待つほどに患者がいることもあるのか。

小籐次はすでに板の間に上がった元庵に背中を向け、おぶい紐を解いた。

六畳ほどの板の間の向こうに診療室が見えた。外から見るよりきれいに整頓され、清潔だった。

「よし、受け取った。おお、これは大変な熱じゃな」

「だから、おまえ様を頼ってきたのだ」

「だれかわしの名を出したか」

「紙問屋の久慈屋どのだ」

「おお、久慈屋どのか。あそこは長いことうちの患家であったが、いささかしくじりをしてな、出入りを禁じられておる。酔いどれ様に口利き《くちき》をしたところをみると、わしのしくじりを許されたかのう」

と言いながら駿太郎を診療室に運んでいき、

「酔いどれ様、魚竹、庭の井戸から桶《おけ》に水を汲《く》んでこよ。熱を冷まさねばな」

指図《さしず》すると当人は、駿太郎の寝巻の襟元《えりもと》を開いて、竹筒の先に小皿をつけたような診療具で心臓の音を診た。

魚竹に教えられて小籐次は井戸に向った。

この界隈で、庭があり掘り抜き井戸があるなど、倉村家は代々の医師でそれなりの分限者《ぶげんしゃ》なのであろう。

釣瓶《つるべ》で水を汲むと、魚竹がそこにあった桶に少しだけ水を入れて手際よく洗い、残った水を入れた。

「酔いどれ様、もう一杯だ」

魚竹に命じられるままに釣瓶を井戸に下ろした。

「久慈屋をしくじったと言うておられたが、なんぞあったか」

「ああ、あれかい。十年も前かね、久慈屋のおやえさんが風邪を引いたときよ、小僧さんの使いを受けたんだが、酒を飲んでいたせいで、出かけるつもりが板の間にのびちまって診療をすっぽかしたんだよ。久慈屋では別の医者を呼んで事なきを得た。旦那《だんな》はなにも言わなかったそうだが、大番頭の観右衛門さんが、長年出入りの患家の大事に酒を飲みくろうて診療をすっぽかすとはなにごとかと、かんかんに怒っちまって、あっさりと出入り差し止めだ」

「そのような経緯《いきさつ》があったのか」

「まあ、酔いどれ様は久慈屋の家族同然の人だ。うまくいけばまた元庵先生、出入りが許されるかもしれねえな」

「あまり大きな声では言えぬが、酒飲みは信用ならぬ」

「酔いどれ様が言うんじゃ間違いねえや。だけどよ、釣きち医者ももう齢《とし》だ。昔ほどたんとは飲めねえや。酒でまたしくじることはあるまい」

「釣りのほうはどうだ」

「こいつは治らないな。大漁のときはよ、この界隈に配りやがる。おれの商売敵《がたき》だ。ただにはかなわねえものな」

と魚竹は言い、

「よし、酔いどれ様、まず桶を先生のところに運びな。もう安心していいぜ、腕はたしかだからな。坊主を先生に預けたんだ、明日にも熱は引くよ」

「そうであることを祈る」

と言い残した小籐次は診療室に戻った。すると元庵が駿太郎の口に竹べらのようなものを突っ込み、喉を診ていたが、

「いささか厄介《やっかい》な風邪に取り憑《つ》かれたな。わしが薬を調合するで、酔いどれ様はこの子の額を冷やせ」

元庵は薬箪笥から何種類か薬を取り出し、薬研《やげん》で擂《す》りつぶし始めた。

小籐次は手拭《てぬぐ》いを桶の井戸水に浸して固く絞り、駿太郎の額にのせた。最前より熱が高くなったようだった。

「先生、熱が高うなっておる。それに息も弾んでおるぞ。死ぬのではないか。しっかりと治療をしてくれよ。薬をけちらんでくれ。お代はなんとしても支払うでな」

「おうおう、酔いどれ様の後ろには分限者の久慈屋ばかりか、深川のお大尽やら水戸様までついておられるそうな。酔いどれ様から治療代を取りはぐれるとは思わぬが、いくら千両箱を積まれたところで風邪の対処はそう変わらぬ。つまり治療代など元が決まっておるということよ」

「されど、世の医者は分限者の家から高額を受け取るという話を聞くがな」

「むろん高価な薬もあるで、それを使えばそれなりに値ははる。じゃが大半は安心料でな」

「安心料とはなんだ」

「それだけの診察代と薬代を払ったとなれば、払った側は最善の治療を施したと安心して、爺様《じいさま》婆様《ばあさま》をあの世に送ることができるでな。医師はそのようなとき、黙って受け取るのが礼儀だ。じゃが、酔いどれ様、貧乏人に高い薬代を請求してはならぬ。そこは医者の腕の見せどころよ」

「駿太郎は治るか、熱が下がるか」

「今宵《こよい》が峠」

「なにっ、峠じゃと」

小籐次は目の前が真っ暗になった。

「命の峠と言うておるのではないわ。この子に命の危険はない、熱が出る峠と言うておるのだ」

「やれ、安心した」

小籐次は一瞬冷や汗を掻《か》いた。

「酔いどれ様の子か」

「わしが女子《おなご》相手に子を生《な》す才覚があるものか」

「魚竹の話じゃと、川向こうの望外川荘なる豪邸に美貌《びぼう》の歌人を囲っているというではないか。その女との間に生した子ではないのか。長面と大面ではもて方が違うものか」

「釣きち先生、馬鹿を申せ。北村おりょう様に子を産ませるなど、罰《ばち》があたるわ。

駿太郎はな」

駿太郎をわが子にした経緯を語り聞かせた。その間にも小籐次は手を休めることなく小まめに手拭いを井戸水に浸し、駿太郎の額を冷やし続けた。

「なにっ、そなたの命を狙った刺客の子を引き取って育てておると。そなた、だいぶ変わり者じゃな。もっとも風変わりくらいでなければ、大名四家を相手にして江都《こうと》を騒がすほどの人士たり得ぬか」

と元庵がようやく薬を調合し終えて、

「子供ゆえ薬を飲ませるのがいささか厄介じゃな。よし、いつもの手を使うか」

と呟いた元庵は小皿に一回分の解熱剤を取りわけ、ねっとりとした飴色《あめいろ》のものを加えた。

「酔いどれ様、そなたの子を抱き起こしてくれ。薬を飲ませるでな」

小籐次は言われるままに駿太郎を抱き起こし、

「これ、駿太郎、熱さましを飲ませるで口を開けよ」

と命じた。だが、駿太郎は熱のために意識がもうろうとしているらしく応じなかった。

「よいよい、奥の手よ」

元庵は匙《さじ》にのせた解熱剤をいささか強引に駿太郎の口に押し込んだ。すると駿太郎が無意識のうちに薬を舐《な》めた。

「おや、手妻《てづま》でも使われたか」

「蜂蜜《はちみつ》を薬に落としただけよ。手妻でもなんでもないわ。もうわしがやることはない。しばらく様子をみるだけだ」

と答えた元庵が、

「酔いどれ様、今宵は駿太郎さんとおまえ様はうちに泊まれ。そのほうが安心じゃろう」

と言い出した。

がたん
と音がして魚竹が姿を見せた。

「井戸を借りてよ、道具を洗わせてもらったよ、先生。売れ残った鰯は塩を振ってある、酒の肴《さかな》に焼くとうまいぜ」

と言い残し、竹笊《たけざる》に並べた鰯を上《あ》がり框《がまち》に置いて出ていこうとした。

「魚竹どの、世話になった。本日の礼に働くでな、わしの手を借りたいとき、いつでもよいゆえ、訪ねてこられよ。」

「おっ、天下の酔いどれ様に貸しがあると思えば豪儀だね。いいかい、釣きち先生、酔いどれ様と飲み明かそうなんて了見を起こすんじゃないよ。こんどの一件は久慈屋に出入りが許されるかどうかの好機なんだからな」

「魚竹、それを言うな」

と元庵が面目《めんぼく》なさそうな顔をした。

「そうじゃ、魚竹どの。世話ついでに久慈屋に立ち寄り、今宵は元庵先生のところに駿太郎ともども世話になると伝えてもらえぬか」

「いいぜ、帰り道だ」

魚竹は言い残すと出ていった。

「ほう、なかなか美味《うま》そうな鰯ではないか。こいつを焼くか」

元庵の関心はどうやら酒の肴に移ったらしい。竹笊を手に奥へと姿を消した。

小籐次は元庵こそ家族はおらぬのかと、森閑とした家を見回した。診療室の奥に居室があるようだが、人の気配は感じられなかった。

敷地はざっと見て六、七十坪か、親代々の敷地と建物なのだろう。黒光りする大黒柱から分るように立派な普請だった。

奥でばたばたと動き回る音がした。

「酔いどれ様、駿太郎さんを連れて奥に来ぬか。診療室で飲み食いするのはどうもな」

元庵の声がして、小籐次は駿太郎を抱いて奥に向った。

熱が寝汗を誘い、寝巻がぐっしょりと濡《ぬ》れていた。

一人暮らしなら元庵の家に子の浴衣《ゆかた》などなかろうなと考えながら、廊下から奥に行くと、和漢の医学の書物が積まれた部屋に寝床が敷きのべてあった。

「元庵先生、駿太郎の寝巻を取り替えたいのだが、子供の浴衣はあるまいな」

「子供の浴衣な」

と元庵が首を傾《かし》げるところに玄関に人の気配がして、

「赤目様、駿太郎様、どこにおられますな」

久慈屋の大番頭観右衛門の声がした。

「観右衛門どの、奥におりますぞ」

「上がらせてもらいますよ」

と声がして、観右衛門とおやえに小僧の梅吉が付き従い、大きな風呂敷包みを持って姿を見せた。

「赤目様、駿太郎さんの容態はいかがにございますか」

おやえが駿太郎の床の前に座り、額に手をあてて、

「大変な熱」

と驚きの顔をした。

「おやえどの、元庵先生が薬を飲ませてくれたでな、今宵ひと晩我慢すればなんとかなるらしい。それより、汗で寝巻がぐしゃぐしゃに濡れておる。わしは長屋に戻ってこようと思う」

「そんなことではないかと、おやえさんがあれこれと持ってこられましたよ」

と観右衛門が言い、梅吉が心得顔で風呂敷包みを解いた。すると子供の浴衣や手拭いなどが出てきた。

「お借りしよう」

小籐次とおやえの手で駿太郎の濡れた寝巻を脱がし、乾いた手拭いで体の汗を拭いて新しい寝巻を着せて、ほっと安堵《あんど》した。

「やれやれ、助かった」

と小籐次が言いながら、

「おや、元庵先生がいないが、どこに姿を消されたか」

と辺りを見回した。

二

「あら」

おやえが悲鳴のような驚きの声を発して慌てて手で目を覆った。

「ふあっふぁっは」

と小籐次が笑い出し、観右衛門が、

「なんという恰好《かっこう》をなされるか、元庵先生。戸棚の中に頭など突っ込んでも、汚い下帯の尻が丸見えですぞ。出ておいでなされ。おやえ様が目のやり場に困っておられます」

と呆《あき》れ顔で言ったものだ。

「はっ、はい。久慈屋の大番頭どの、その節は大変心なき所行、医者として甚《はなは》だ恥ずかしきことにござった。言い訳をするようじゃが、老いた父親を亡くして、うまく己の気持ちが抑えきれなんだ、真《まこと》にもって未熟にござった。以来、十数年の歳月が流れたが、未《いま》だ芝口橋は渡れず、久慈屋さんの前は通れぬことが続いておった」

おどおどしながら釣きち医者の元庵がぺこぺこと頭を下げた。

「駿太郎様の加減はどうです。明日までに熱を下げ、元気を回復されるようなれば、昔のことは忘れて差し上げます」

「は、ははあ」

それでも元庵は這《は》い蹲《つくば》って額を座敷の畳に擦《こす》りつけ、観右衛門に謝った。その体の傍らに貧乏徳利と茶碗があった。

「元庵先生、駿太郎さんは風邪ですか。あの折の私のように肺まで悪くなってお りませんよね」

「おやえさん、この元庵、誠心誠意治療して肺まで悪くは致しませぬ。大番頭どのが申されるように、明日までにはなんとしても熱を下げ、駿太郎どのを元気にしてみせます」

とおやえにも詫《わ》びた。

「観右衛門どの、おやえどの、これにて十数年前の一件は忘れて下され。きっと駿太郎は明日には快復いたそう」

小籐次の口添えもあって、なんとか元庵の久慈屋出入りの悲願がなった。

大人四人のやり取りを知らぬげに駿太郎は、

「はあはあ」

と弾む息で寝込んでいた。だが、心なしか、真っ赤に紅潮していた顔の赤みが薄れたように思えた。

「桶の水を替えてまいろう」

元庵が独《ひと》り言《ごと》のように呟き、桶と一緒に貧乏徳利をそおっと抱えて台所に戻しにいった。

観右衛門から、駿太郎の快復に力を尽くせば昔のように久慈屋への出入りが許されると約束され、気を入れて治療をする気持ちになったようだった。

新しい井戸水が汲んでこられ、小籐次が手拭いを桶の水に浸して絞り、駿太郎の額のものと取り替えた。

「心なしか額の熱も下がったように思える。おやえどの、観右衛門どの、今宵元庵先生にそれがしも付き添うで、どうか安心してお店《たな》にお戻り下され」

と小籐次が願った。

「おっ、そうそう。こちらに出てくる折、難波橋《なにわばし》の親分が赤目様はどちらにと探しておられました。なんでも長屋を訪ねたら不在とかでうちに見えたのです」

「なんぞ用かのう」

「近頃の秀次親分は、赤目様を頼りになされすぎております。駿太郎様がかようなとき、親分の御用に付き合うことはできませんよ、と勝手ながら断わっておきました」

と観右衛門が告げた。

今日の観右衛門はどことはなしに機嫌が悪かった。

「いかにもいかにも。されど親分ばかりが悪いのではござらぬ。つい付き合うそれがしがいちばん悪い。駿太郎が本復したら本業をしっかりと致さぬとな、得意先から剣突《けんつく》を食らおう」

「いかにもさようです。人間それぞれの本業を疎《おろそ》かにして、酒だ釣りだとうつつを抜かしてはなりませぬ」

じろりと観右衛門がひと睨みすると、元庵がまた首を亀のように竦《すく》めた。

「観右衛門どのがおられて、昔を思い出すお叱りを言われると、そのたびに元庵先生の肝が縮こまって治療になりませぬ。観右衛門どの、おやえどの、どうか、お引き上げいただけまいか」

小籐次が再三願うと、ようやく観右衛門が重い腰を上げかけ、元庵がほっとした表情をした。だが、

「おっ、そうだ、もう一つ思い出しました」

と観右衛門が言い出したので、元庵ががっくりと肩を落とした。

「おやえ様と番頭浩介さんの祝言《しゅうげん》に、本家の細貝忠左衛門様が西野内村から江戸に出てこられますがな、その一行の中に紙漉《かみす》き作業から修業し直しておりました小僧の国三が加わっておりますぞ、赤目様」

久慈屋の在所は常陸国《ひたちのくに》西野内村で、細貝家は代々この地で西ノ内和紙を生産してきた。それを江戸に出てきた久慈屋の三代目が芝口橋にお店を構えて販売し始め、今日の紙問屋久慈屋の基礎を固めた。だが、今では久慈屋が扱う品は西ノ内和紙だけではなく、諸国で産する名だたる紙を網羅していた。

ともあれ西野内村の本家が紙を造り、江戸に出た分家の久慈屋が売るという生産販売体制に変わりはない。

分家の一人娘おやえの祝言だ。

当然、本家の当主が江戸に祝いに出てくることは考えられた。その一行に国三が加わっているというのだ。

国三は目端《めはし》の利いた小僧だったが、それが災いしたのかもしれない。芝居好きが高じてつい仕事が疎かになったため、主《あるじ》の昌右衛門と観右衛門が話し合い、本家にやって奉公のやり直しを命じていた。

「国三さんが江戸に戻ってくるということは、奉公のやり直しが無事なったのでござるか」

「西野内村では寝食を忘れて紙造りに専念してきたようです。忠左衛門様のお言葉もあり、こたびの一行に加えて、まずその様子を見ることになりました」

国三の修業が終わったわけではなく、こたびの江戸行の態度次第でその後が決まる様子だった。

「観右衛門どの、必ずやしっかりとした顔になって、国三さんは久慈屋に戻ってきましょう」

「そうでなくてはなりません。そこででございますがな、赤目様にお願いがございます」

「ほう、なんでござろうか」

「国三は赤目様の覚えめでたいこともございまして、つい本業を疎かにした経緯がございます。こたびは厳しい目で国三に接し、あやつの本心が変わったかどうかを見極めていただきたいのです」

「うーむ」

と小籐次が唸《うな》った。

「どうなされました」

「いや、そのことじゃ。国三さんがつい芝居に入れ込んで奉公を忘れたのは、それがしと行動をともにすることが多かったせいかと、常々責任を感じておるところでござった」

「いえ、これは国三一人《いちにん》の心がけの問題です。武名が江都に鳴り響いた赤目小籐次様の覚えがめでたいのをよいことに、己もなんとのうその仲間とでも勘違いをしたか、あのようなことをしでかしました」

小籐次はしばし考えた。

「もし国三さんが心を入れ替えておるならば、再び江戸奉公が叶《かな》うのでござるな」

「国三は元々久慈屋の奉公人ですから、一日も早く戻ってきてくれねば困ります。しかし、心がけが直っておらぬようなれば、祝言が終わったあと、西野内村で再修業です。いえ、あの者の慢心が著しく残っておるようなれば旦那様に相談し、西野内村からもうちからも暇を出します。お店で一人の奉公人が悪に染まるとお店全体に広がり、大変なことになります。腐った実は早めに取り除かねばなりません」

観右衛門が険しい顔で言い切った。

「それがしの責任は重大にござるな。国三さんの一生を左右する見極めをせねばならぬか」

「いかにもさようです。まずは国三と呼び捨てにして下され、赤目様」

「じゃが、国三さんは久慈屋の奉公人ゆえ、他人のそれがしが呼び捨てはどうも」

「赤目様、そのご遠慮が国三を甘えさせたのでございますよ。赤目様は天下の武芸者にして、久慈屋の親類のようなお方にございます。国三は小僧、びしりと呼び捨てにして下さいまし」

「さあて、できるかのう」

と首を傾げる小籐次を見た元庵が、

「いっひっひひ」

と思わず笑い、観右衛門に鋭い眼差《まなざ》しで睨まれた。

「観右衛門どの、申されることよう分った。小僧の国三の戻り奉公がなるかどうか、それがしが見極めるためにはいささか思案が要《い》ろうかと存ずる。時を貸して下され」

「お任せ申します」

と応じた観右衛門が、ようやくおやえと一緒に倉村元庵医師の座敷から立ち去っていった。

玄関口まで見送った元庵が、
ふうっ
と大きな息を吐いた。

「本日の久慈屋の大番頭は厳しかったのう」

「あれこれと重なりましたでな。わしも観右衛門どのに注意を受けた。いや、それにしてもああでのうては大所帯の大番頭は務まりますまい。われら二人、観右衛門どのにえらい宿題を出されたようなものですぞ」

「この元庵の宿題とは、赤目様のお子の風邪を明日までに本復させることじゃな」

「まあ本業を疎かにするなということでござろう。わしのほうはいささか難題じゃな。小僧さん一人の行末が掛かっておるでな」

と小籐次が首を傾げて思案した。

「酔いどれ様、酒どころではないな。貧乏徳利を大番頭に見られたのはまずかった」

「われら二人が見事観右衛門どのの宿題を果たす折まで、お預けに致そうか」

との小籐次の提案に元庵が殊勝に頷《うなず》き、

「そろそろ二度目の投薬の刻限じゃぞ」

と呟いたものだ。元々、

「銀杏の先生は本道の名医」

と芝口界隈で評判の医師だ。その元庵と小籐次が不寝《ねず》の看病をするのだ。

明け方、二人してうつらうつらした。

小籐次がなにか気配を感じて目を覚ますと、駿太郎が、

「じいじい、水が飲みたい」

とはっきりとした口調で言った。

顔色も平生に戻っていた。

「おお、熱が下がったか」

小籐次が額に手をあてると、燃えるように熱く感じられていた熱が明らかに下がっていた。

「よしよし、水を飲め」
枕元にあった吸呑《すいの》みの水を駿太郎の口に差し出すと、可愛《かわい》い両手で土瓶を抱えて、
ごくりごくり
と飲んだ。
「おお、この分なれば風邪の峠は越えたようだな。肺を案じたが、これでまずはひと安心かな」
元庵も大きく頷いた。
「じいじい、ここはどこじゃ。長屋でもお夕姉ちゃんの家でもないぞ」
「倉村元庵先生のお宅じゃ。熱を発していた駿太郎はここに連れてこられたことを覚えておるまい」
元庵医師が朝の光が差してきた障子戸《しょうじど》を開いた。すると狭い庭が見えて、縁側から、
みゃうう
と猫の鳴き声がして座敷に三毛猫が入ってきた。
駿太郎が手を差し出すと、猫がその手にじゃれついた。

「飼い猫のととでな。わしが釣った魚の一番の客じゃよ」

と小籐次と駿太郎に説明すると、

「よいか、とと。当分釣りはやめる。じゃから、おまえも活きのいい魚《とと》は食えぬと思え」

と猫に言った。そして、

「駿太郎さんに粥《かゆ》でも作ろうかのう」

と台所に元庵が立った。

そのとき、小籐次は元庵が独り暮らしと悟った。

しばらく米を研いだり、野菜でも切るような包丁の音がし、そのうち、飯が炊ける匂《にお》いが座敷まで漂ってきた。

水を飲んで喉《のど》の渇きを癒《いや》した駿太郎は、また寝床で目を瞑《つむ》ったり、開けたりした。

高い熱を発したせいか、一晩で頬《ほお》が殺《そ》げて両眼だけがぎょろぎょろと大きく感じられた。

「ご免くだせえ」

と玄関口に馴染みの声が響いた。

「銀杏の先生、こちらに赤目小籐次様がいるって聞いたんだがね」

難波橋の秀次親分だった。難波橋と橋の名を頭に冠して呼ばれる秀次だが、元庵が住む芝口一丁目に近い二葉町の住人だ。小籐次が銀杏の先生のところにいることは、観右衛門から聞いていたのだろう。

「親分、奥の座敷におるぞ」

小籐次が答えると、足音がして秀次が姿を見せた。

「どうですね、駿太郎さんの加減は」

「元庵先生の治療が効を奏して熱が下がった。ただ今水を欲しがったで、飲ませたところだ。峠は越えたようじゃ」

「ようござんしたね。子供は熱が一気に出て、一気に下がりますからね。なにはともあれよかった」

秀次がなんども首肯《しゅこう》した。

「親分がわしを探しておると、昨夕見舞いに来てくれた久慈屋の大番頭どのから聞いたがな。かくいう事情だ、動きがとれなかった」

「そいつは話が早いや」

「そうではないぞ。われら、元庵先生もわしも大番頭どのから厳しいお叱りを受けたところだ」

「それはまたどうしてです」

「親分、呑気《のんき》なことを言っておる場合ではないぞ。そなたにも関《かか》わりのあることじゃ」

「えっ、わっしがなにか」

「おお、ある」

前置きした小籐次は、昨日の観右衛門の滅多に見せぬ険しい言動をすべて語り聞かせた。

「弱ったな。こんどの一件、南町の近藤精兵衛の旦那の頼みなんだがな」

秀次が頭を抱えた。

「というわけで親分、当分われらは本業に専念せぬと久慈屋をしくじることになる」

「わしのようにな」

と元庵が姿を見せて、秀次親分に言った。

どうやら朝餉《あさげ》の仕度は終えた感じがあった。

「どうしたものか」

秀次が腕組みをして考え込んだ。

「なにがあったのじゃ。いや、そのような問い自体がいかぬのじゃ。秀次親分、こんどばかりは、いや、わしは駿太郎が治ったら当分研ぎ仕事に専念致す所存である。近藤様と力を合わせて取り組んで下され」

「わっしと赤目様の仲ではございませんか」

「そうは言っても久慈屋の大番頭どのに愛想《あいそ》を尽かされたら、われら親子、江戸では生きていけぬでな」

小籐次の言葉に秀次が、

「そいつは困った。近藤の旦那にどうお答えすればよろしいので」

「だから、正直に言うより致し方あるまい」

と小籐次が突き放すと、秀次が腰から煙草《たばこ》入れを抜いて思案する様子を見せた。しばらく無言で煙管《キセル》を弄《もてあそ》んでいたが、なにか気付いたようににんまりと笑い、呟くように言った。

「わっしは、近頃、齢のせいですかね、独り言を言う癖がございましてね。もしそのようなときは聞き流してくれませんか」

「致し方ないな、独り言ではな」

「で、ございますよね」

秀次が火鉢の火で煙管に点《つ》けた。

ふうっ
とうまそうに一服した親分が、独り言を喋《しゃべ》り出した。

三

芝口一丁目の倉村元庵の診療所に駿太郎を担ぎ込んで三日目の朝、そろそろ長屋に戻ろうかと小籐次が考えていたとき、

「こちらは元庵先生の診療所にございますね」

と待合室の土間に涼やかな声が響いて、一人の女が敷居を跨《また》いだ。

待合室は薄暗かった。だが、三人の診察を待っていた者がびっくり仰天してその美貌を凝視《ぎょうし》し、うちの一人が、

「げ、元庵先生よ」

と呼んだ。

「今診療中じゃ。黙って待てぬのか」

「そうじゃねえよ、振り返りなよ。驚くぜ」

普請場の梁《はり》から地面に落ちて脇腹を強打した大工の留次が練り薬の付け替えに来ていたが、雷様の不意打ちを食らったような顔でさらに言った。

「なんだ、雪隠《せっちん》大工」

振り向いた釣きち医者の馬面が凍りついていて、大口がぱっくりと開かれた。

「な、言ったろ、驚くって」

留次が言ったが、その言葉は元庵の耳には届かず、大口からよだれを垂らさんばかりだった。

「ど、どなたかな。う、うちは女の病人は滅多に来ぬところじゃが。どこか訪ねる家を間違えてはおられぬか」

「いえ、そうではございません。こちらに赤目小籐次様と駿太郎様父子《おやこ》がお世話になっておられると聞いて伺いました」

「な、なんと、そなたは酔いどれ様の知り合いにござるか」

「はい」

迷いのない返答を聞いた元庵がはたと気付いたように、

「そなたは望外川荘の女歌人の北村おりょう様じゃな」

と問うと、微笑《ほほえ》みを湛《たた》えたおりょうが頷き、

「駿太郎様のお加減はいかがにございますか」

「よ、酔いどれ様、た、大変じゃぞ」

と元庵が奥に怒鳴った。

「なにが起こった、釣きちの先生」

「き、北村おりょう様が参られた」

「な、なにっ、おりょう様が見えたとな。われらがこちらに厄介になっておることはご存じあるまいに」

と答えた小籐次が奥から急ぎ姿を見せて、

「おりょう様、どうしてここに」

といささか思いがけないことが起こったという顔付きで問い返した。

「赤目様、私のことより駿太郎様のお加減はいかがにございますか」

おりょうが尋ねるところに、寝巻の駿太郎がひょろひょろと揺れる体で診療所の待合室に姿を見せた。熱を発したせいで頬もこけ、体もひょろりとして痩《や》せていた。それでも、

「おりょう様だ」

と嬉《うれ》しそうに笑った。

「駿太郎様、よう頑張られましたね。りょうが褒めて差し上げますよ」

おりょうが腕を広げると、駿太郎が素直にその腕の中によろよろと飛び込んで抱かれた。

「駿太郎様、だいぶお痩せになりましたね。りょうのところでしばらく静養致しましょう。さすればすぐに元通り元気になりますよ」

おりょうが優しく話し掛けると駿太郎が素直に頷いた。

「おりょう様、長屋を訪ねて駿太郎のことを知られましたか」

と小籐次が二人の傍らから尋ねた。

「いえ、久慈屋の観右衛門様から文《ふみ》を頂戴《ちょうだい》し、駿太郎様がお医師の家に厄介になっておられると教えて頂きました。昨夜《ゆうべ》のことです。そこで本日川を下って久慈屋さんを訪ね、赤目様と駿太郎様を望外川荘にてしばらく引き取り、静養をなすことを決めてきたところです」

おりょうが元庵の診療所に姿を見せた経緯を語った。

「おりょう様、もはや駿太郎の病は治りましたでな、これより長屋に戻り、それがしも研ぎ仕事に戻ろうと思うておったところにござる」

「赤目様、それはなりませぬ」

とおりょうがぴしゃりと言った。

「幼い駿太郎様が熱を発した風邪です、思いがけぬほど消耗しているものです。病後の静養が肝心でございましょう。のう、お医師どの」

「はっ、はい。いかにもおりょう様の申されるとおりにございます」

馬面の元庵がようやく落ち着きを取り戻しておりょうに応じた。

「ほれ、お医師どのも申されました。ささっ、帰り仕度を致しましょう」

「おりょう様、身仕度はすでに済んでおりますが、女所帯の望外川荘に世話になってよいものか」

と思案する小籐次をよそに、

「お医師どの、治療代はここに用意して参りました」

紙に包まれた金子《きんす》を胸元から出すとおりょうは診療所の上がり框に置き、駿太郎を抱えて診療所を出ていった。

大顔の小籐次と馬面の元庵は、一陣の涼風が吹き抜けたような光景を茫然《ぼうぜん》と見送っていたが、

「わしも行かねば。元庵先生、世話をかけたな。この次、酒を馳走《ちそう》するでな、しばらく時を貸してくれ」

と言い残すや、待合室の隅に置かれた自分の草履《ぞうり》を足に突っかけ、おりょうと駿太郎を追って玄関を飛び出した。

診療所に残された元庵と診察を受けに来た者らは、一場《いちじょう》の夢でも見ているような感じに打たれていた。だが、それが夢ではないことをおりょうの匂い袋の残り香が教えていた。

「元庵先生、あの不細工な大面にあの女だぜ。世の中、いったい全体どうなっているんだ」

「留次、見てのとおりだ」

「ならば馬面の先生がもててもいい道理じゃねえか」

「うるさい！」

と叫んだ元庵に、

「先生、そんなことよりうちの坊主の診察を済ませて下さいな」

と診療室から子供の母親が願った。

四半刻《しはんとき》（三十分）後、小籐次は研ぎ仕事に使う小舟におりょうと駿太郎を乗せて、ゆっくりと永代橋を潜《くぐ》っていた。

大川の水面《みなも》は夏の日差しにきらきらと輝いていた。

駿太郎を両腕に抱えたおりょうは芝口橋を渡ると久慈屋に立ち寄った。

「おりょう様、駿太郎様を引き取ってこられましたか」

「観右衛門様、あのような暗い家では治る病も治りません。やはり望外川荘で駿太郎様の快復を計ります」

おりょうがはっきりと言い切った。

「それがよろしい。なんぞ足りぬものはございませんか」

「急ぎ駿太郎様を連れだしたもので、薬を貰《もら》ってくるのを忘れてしまいました」

「ならば今、小僧を使いに立てます」

すでにおりょうと観右衛門の間で相談がなっているらしく、小籐次の目の前ですべてが決まった。そして、小僧の梅吉が元庵のところに薬を取りに行かされた。

「観右衛門どの、駿太郎はもはや本復いたしたがのう」

「いえ、子供の風邪を軽くみてはなりませんぞ。まあ、こたびは元庵先生が気を入れて治療にあたってくれたとは思いますがな、なにが起こってもいけませぬ。

当分お二人は望外川荘で静養です」

「観右衛門どの、それがし、研ぎ仕事が待っておる。このところだいぶ得意先に無沙汰《ぶさた》したゆえ、仕事に精を出そうと考えてきたのじゃがな」

「駿太郎様が風邪をひかれたのです。父親が面倒を見るのは当然のことです。仕事より看病が先です」

と答えた観右衛門が、

「赤目様の舟はすでにうちの船着場に用意してございます。それからお麻さんに願って、駿太郎様の着替えなどは風呂敷に纏《まと》めて小舟に積んでございます」

と早手回しの仕度を告げ、

「研ぎの道具は」

「載せてございます。ただし仕事に出るのは当分禁止です」

とすべて段取りが終わっていることを告げ、命じた。小籐次の憮然《ぶぜん》とした顔を見た観右衛門がにんまりと笑い、

「たしかに、このところ赤目様は研ぎ仕事を疎かにされておりましたな。ためにうちでも京屋喜平さんでも研ぎをかけねばならない道具がだいぶ溜《た》まっております」

「ほれ、そういうことじゃ」

「そこで赤目様、赤目様が望外川荘で退屈せぬように、うちと京屋喜平さんの道具を古布にくるんで積んでございます。あちらで研ぎに精を出して下さいな。夕暮れにも研ぎ上がった道具を取りに上がりますでな」

と観右衛門が言った。

小籐次は抵抗を諦めた。その脳裏に難波橋の秀次親分の独り言を思い出したが、

(こうお膳立《ぜんだ》てされてはどうにも手が出ぬわ)

と、しばし独り言の一件は忘れることにした。

「赤目様、迷惑でございましたか」

駿太郎を両腕に抱え、なんとも幸せそうな顔のおりょうが櫓《ろ》を漕《こ》ぐ小籐次に尋ねた。

小籐次の額にはうっすらと汗が光っていた。

そろそろ川開きの季節を迎える。江戸に花火の季節が巡ってきて涼を求める船が流れを行きかうが、さすがに日中だ。荷足《にた》り船など仕事の船の往来を見るばかりだ。

「なんの迷惑がございましょうか。されど、あちらこちらに不義理をしておると思い、つい愚痴《ぐち》めいた言葉を連ねました。考えてみれば、おりょう様と観右衛門どのの申されることに、それがしなんぞが抗《あらが》えるはずもない。精々望外川荘を拠点に得意先を回って仕事を頂戴してきて、このところの無沙汰を取り戻します」

「それが宜《よろ》しゅうございます」

とおりょうが満足げに答え、

「おりょう様、芽柳《めやなぎ》派の集いは順調にございますかな」

と小籐次が話柄《わへい》を変えた。

「私の後見はどなたとお思いですか」

「まずは父御《てて ご》の北村舜藍《しゅんらん》様、続いては江戸歌壇の重鎮方にございましょうな」

「いえいえ、父の名で門弟が集まるものですか。また他の先生方は自らの門弟のことしか気にしておられませぬ」

「では、門弟が集まるおまじないのようなお人がおられましたかな」

「おまじないのようなお人ですか。いかにもさよう、おられます」

とおりょうがきっぱりと言い切った。

「赤目様、新春歌会のことを読売の空蔵《そらぞう》さんが読み物にして下さいましたね」

「おうおう、空蔵どのの読売がなにか力になりましたか」

「大いになりました」

「それはようござった」

「読売が出た当初、ひやかしのお方が望外川荘の周りに押し掛けて、いささかご近所に迷惑をかけました」

「それはいかぬな。やはり空蔵に書かせるのではなかったか」

「いえ、そうではございません。ひやかしで覗きに来る人の姿が消えた頃から、歌に関心を寄せる人々が望外川荘を訪れて入門なさるようになりました」

「おお、それはようござった」

「赤目様、ただ今の芽柳派の門弟の数をご存じですか」

「はて、十人は超えましたか」

「いえいえ」

「ならば二十人か。ひやかしを入れても三十人には達しますまい」

「入門の手続きをなさり、束脩《そくしゅう》をきちんと納められた方々の数が百人を超えました」

「なんと、百人を超えたとな。剣術の道場でも門弟百人を持つところは少のうござる。なんともすごい勢いじゃな。やはり北村おりょう様の才を知る方々が江戸におられたということじゃな」

「赤目様、最前のおりょうの後見話を覚えておられますか」

「おうおう、忘れておった。そうか、後見どのの手伝いもあってのことにござるか。それにしても、やはり芽柳派の宗匠の才がなければそうは集まりますまい」

「百人を超えると、一度に座を運営するのはなかなか難しゅうございます。そこで一の日、四の日、七の日と分けて座を運ぶことになりました」

「それはよかった」

と小籐次がしみじみと答えたものだ。

「入門希望者の一人ひとりにお会いして和歌に関する考えを話し合い、考え方が偏《かたよ》った人や、他のことに関心を寄せる人はお断わり申しました。ですから、この百人の方々は私と一緒に新しい歌を作りだそうという方々ばかりです」

「ほうほう」

「これら門弟の多くが心に秘めておいでのことがございます」

「それはまたなんであろうか」

「赤目小籐次様にお目にかかりたいと密《ひそ》かに願うておられるのです」

「なんと申されるな。そのような馬鹿げた話があろうか。和歌のことはよう知らぬが、だれもが独自の和歌を創案すべく頭をひねって新鮮な言葉や言いまわしを生み出されるのでござろう。そのような方々が酔いどれ爺《じじい》に関心を持たれるなどということがあるものか」

いえいえ、とおりょうが首を振った。

「御鎧拝借以来の赤目小籐次様の武勇の数々、どなたの心にも響くものです。それは赤目様が私利私欲で動かれるのではなく、純粋に見返りを求めず、忠義心で命を懸けておられるお気持ちが人々の心を打つのです。赤目様の大きさをいちばんご存じないのは、ご本人様にございますよ」

とおりょうが言い切った。

小籐次は返す言葉もなくただ櫓を漕いで、新大橋を潜り、両国橋を過ぎていった。

「信じられませんか」

「おりょう様の言葉はどのようなことでも信じます。されどこればかりは」

「りょうが心から惚《ほ》れたのは赤目小籐次様一人、そんなりょうの気持ちは格別なことではございません」

「おりょう様、考えてもみて下され。赤目小籐次は見てのとおりの小軀《しょうく》にしてもくず蟹《がに》を大きく引き伸ばしたような顔で、年寄りときておる。その上、養い子の駿太郎まで抱え、研ぎ屋暮らしでなんとか糊口《ここう》を凌《しの》いでおる。その男のどこがよいか、それがしには分りませぬ」

「赤目様、歌人とは外見の美醜を見る者ではございません。心の中を、胸の中を詠《よ》む人間にございます。ために私ばかりか歌を志す門弟衆が赤目小籐次様の生き方を慕うのです」

ふーむ、と小籐次が唸った。

この日、須崎村の望外川荘の船着場に着いた小籐次とおりょうは駿太郎を連れて、庭に向って開け放たれた縁側から上がり、駿太郎をまず寝床に寝かせた。

その上で縁側に茣蓙《ござ》を敷き、小舟から運んできた研ぎ道具を並べて、久慈屋と京屋喜平の奉公人や職人衆が使う道具の研ぎにかかった。

二本ほど研ぎ終えたところで行儀見習いの娘のあいが、

「昼餉ですよ」

と小籐次と駿太郎に声をかけた。

「おりょう様、かゆはいやじゃ」

駿太郎が運ばれてきた粥を見て、文句を言った。

「なにを食しとうございますな」

「しろいまんまをとで食べたい」

「あい、夕餉はなんでございましたか」

「平目を魚徳が届けてくれました。焼いても煮ても美味《おい》しいそうです。薄く切って酢橘醤油《すだちじょうゆ》で食するとお酒の肴によいと言うておりました」

「それは美味しそうですね。駿太郎様は焼いたととがよろしいですか、煮たととがよろしいですか」

「煮たととがいい」

「ならば駿太郎様には煮魚で白いご飯を仕度します。お昼はお粥に卵をかけたもので我慢なさいませ」

「かゆにたまごか。それならいい」

と駿太郎が得心した。

「赤目様、平目を下ろすことができますか。さすれば平目を酢橘醤油で食してみましょうか」

「ようございますな。刺身包丁をよう研いで、百助さんと一緒に平目の薄造りを試してみようかの」

と小籐次が答えたところにお昼の椎茸《しいたけ》うどんが運ばれてきた。

四

この日の昼下がり、縁側に設《しつら》えた研ぎ場で小籐次は一心不乱に仕事に精を出した。

そんな様子をおりょうが座敷の文机《ふづくえ》の向こうから門弟衆の歌に朱を入れながら、時折微笑みを浮かべつつ見ていた。そして、その傍らには駿太郎の寝床が用意されていたが、どうやら風邪も快復期に入ったらしく、おりょうの膝《ひざ》で甘えたり、研ぎ仕事を見に行ったりして、

「寝ておらねば風邪が抜けぬぞ」

と小籐次に言われてしぶしぶ寝床に戻った。

そんな夏の昼下がりがゆるゆると過ぎていき、夕暮れになる頃、小籐次は久慈屋と京屋喜平の道具をほぼ研ぎ終えていた。

そこで最後に望外川荘にあった出刃と柳刃包丁を研いで、平目の薄造りに挑戦することにした。小籐次は百助を頼みにしたが、百助は井戸端で平目を見ると、

「赤目様、わしゃ、こんな平べったい魚を下ろすことなど無理だ」

と逃げ腰だ。

そこで小籐次が得意先の一つ、深川の魚源で研ぎ仕事をしながら見ていた職人仕事を真似《まね》て、平目を五枚に下ろすことにした。

五代目主人の永次の手さばきは見事で、一匹の魚をあっというまにさばいた。こちらは素人《しろうと》の上に百助の腰を引かせた平目だ。なんとなく摑《つか》みどころがない。それでも出刃包丁を使って五枚に下ろしてみると、手際は悪いがなんとかやれた。さらに研ぎ上げたばかりの柳刃包丁で薄造りに挑んでみることにした。

こちらは意外と簡単だった。

大皿に丸く盛りつけているところに、久慈屋の観右衛門が荷運び頭《がしら》の喜多造と一緒に姿を見せて、

「おや、研ぎばかりか、魚までさばかれますか」

と感心した。

「初めて平目の薄造りを試みてみたが、なかなか難しいものじゃな」

「いえいえ、どうしてなかなかの腕前にございますよ。これならばすぐにも棒手振りの魚屋くらいなら開業できそうです」

と褒めた観右衛門が俄《にわ》かに険しい表情に変えて、

「赤目様、まさか一日じゅう平目を下ろす稽古《けいこ》をしていたわけではございますまいな」

と、研ぎはどうなっていると遠回しに質《ただ》した。

「今朝方預かった道具の研ぎは終わっており申す」

「それはようございました。また新たな道具を持って参りましたからな。研ぎ上がった道具は頂戴して参ります」

そこへおりょうが姿を見せて、

「観右衛門様、ちょうどよいところにお見えになりました。望外川荘はこれからが至福の刻、日が沈んで暑さも頃合いになり、川風も吹いて参ります。赤目様の手になるお造りで、私どもと酒《ささ》を酌み交わしていかれませぬか。平目は酢橘醬油で食そうかと思うております」

「えっ、平目を酢橘醬油でな。未だ食したことがございません。西国で冬場に食するふぐの造りのようなものでしょうかな。この話、なんともそそられますな。

おりょう様、突然伺った私どもがお邪魔をして、よろしゅうございましょうか」

「いつも久慈屋さんには世話になってばかり、偶《たま》には須崎村の宴《うたげ》もよいではございませんか。なにより酒食は大勢のほうが楽しみは大きゅうございましょう」

「いかにもいかにも、なんともうれしいお招きです」

観右衛門が天下の美女にして歌人の北村おりょうに誘われ、満面の笑みで受けた。喜多造は、

「わっしは舟で待たせてもらいます」

と遠慮したが、小籐次が、

「頭にもふだんから世話になりっぱなし、一度くらい誘いに乗って下されよ」

と願い、

「もっとも望外川荘はおりょう様のお城にございましてな、われら親子、駿太郎の風邪養生《ようじょう》で居候の身にござる。いわば観右衛門どのや頭と同じ立場でござった」

と苦笑いした。

「いえ、この望外川荘の真の主は赤目小籐次様」

「おりょう様、それを言うならば久慈屋さんにござろう。まだだいぶ借りが残っ

ておりますでな」

と思わず洩らしてしまった。

「おお、その言葉で御用を一つ思い出しました」

「なんでござろうか」

「松野藩松平家の江戸留守居役様が、先日店に参られましてな、これを預かってくれぬかと袱紗《ふくさ》包みの金子を差し出されました」

「ほう」

と答えながら小籐次は、松平の殿様からはすでに信濃《しなの》の土産《みやげ》をあれこれ頂戴したはずと思っていた。

「ほうではありませんぞ。赤目様が松野藩の騒乱を未然に防がれたお礼に持参されたのですがな。どうやら城中で老中のどなたかにお褒めに与《あずか》ったご様子とか。それで金子を届けてこられたようです。赤目様に届けてもお受け取りになるまいと留守居役様は考えたらしく、久慈屋は赤目小籐次どのと親戚付き合いのような間柄と聞いておるゆえ、赤目どのになんぞ入り用が生じたときにこの金子を使うてくれと置いていかれました。むろん私も無断でかような大金を預かるわけにはいきませんと何度もお断わりしたのですが、それでは使いの役に立たず、ぜひにと申されて二百両をお預かりしております。仮にその金子をですよ、赤目様が借りておると申される金子に充《あ》てられますと、もはや望外川荘はうちの手を離れました」

「ほう、ならば望外川荘は北村おりょう様の持ち物じゃ」

どことなく安堵した小籐次が言って、

（松平の若様、無理をしおったな）

と品川宿で一緒に悪さをしていた時代の保雅の顔を思い出した。

膳が庭を見渡す座敷に運ばれてきて、宴の場が設けられた。

膳には平目の薄造りの他、煮魚、茄子《なす》の鴫焼《しぎや》き、厚揚げを炙《あぶ》ったものなどが並んだ。

宴の傍らで駿太郎はおりょうから平目の煮付をのせたご飯を食べさせてもらい、大いに満足している様子であった。

小籐次が初めてさばいた平目の薄造りを青葱《あおねぎ》と一緒に酢橘醬油で食すると、何とも上品な味で酒が進んだ。

「赤目様、おりょう様、平目のお造りを酢橘醬油で頂きますと、口の中に爽《さわ》やかな涼風が吹き抜けるようで、酒が殊更《ことさら》に美味しゅうございますな」

と観右衛門も満足げだ。

「おや、観右衛門様は歌心がおありですね。わが芽柳派の集いに参られませぬか」

とおりょうが小籐次に酒を注《つ》ぎながら言った。

「おりょう様、ご冗談を。私が字を書くのは帳面の上だけで十分にございます」

と遠慮した。

「観右衛門どの、おりょう様の芽柳派の門弟が百人を超えたそうですぞ。なんとも途方もないことで」

「百人ですと。それはなりませぬ。北村おりょう様には赤目小籐次様と申される大後見が控えておられるのです。門弟が百、二百ではどうにもなりませぬ、そうですな、早晩、千から万の門弟衆が北村おりょう様の門下に入られるとみております」

「観右衛門様、酒にお酔いになりましたか。座が千、万になどなろうはずもございません。直《じか》に教えるには百人でも多うございます」

「失礼ながら和歌も商いにございます。座がうまく立ちゆくには束脩をしっかりと支払うてもらわねばなりませぬ」

「ただ今入門の門弟衆はきちんと払うておられます」

「百人ならばそれでよろしゅうございます。しかし、おりょう様の門下にはこれからどんどん入門してこられます」

「そのようなことがあろうはずもございませんし、またあったとしても、この望外川荘でそのような門弟衆を教えることは叶いません」

「いえ、おりょう様がお一人で教えられると申しているのではございません。おりょう様にいずれ七弟とか十弟とか、秀《ひい》でた門弟衆が育ち、その方々が弟子を取られます。すると七人の高弟の弟子が百人に達すれば、おりょう様の孫弟子がすでに七百人になります。このように、弟子というものは段々と膨れ上がっていくものなのです」

「門弟衆が弟子をとるのは勝手にございますし、弟子の裁量でもございましょう。でもそれは弟子の門弟であって、私の門弟ではありません。数には入れてはなりますまい」

「いえいえ、家元とは元来そういうものでございましてな。私の知る踊りの師匠など弟子、孫弟子、ひ孫弟子とすそ野を広げて、弟子の数何万と豪語しておられます」

「観右衛門どの、とはいえ孫弟子、ひ孫弟子からは稽古代や指導料はとれまい」

と小籐次が口を挟んだ。

「いえ、弟子のところに孫弟子から入る指導料のなにがしかを大師匠のもとに上納させます。これが家元制度の仕組みにございましてな、おりょう先生の懐《ふところ》は自然と潤うというわけです」

「観右衛門様、そのようなことはこのりょうにはできかねます。私は、直に教え、それに見合った金子を頂戴しとうございます」

「おやおや、ここにもう一人、お金が嫌いなお人がおられますぞ」

「もう一人とはだれのことじゃ」

「それはもう決まっております。赤目小籐次様のことですよ」

「観右衛門様、りょうはそんな赤目小籐次様を好いております。私は生き方の師を赤目様に決めたのです。家元制度などは考えたくもございません」

「はいはい。どうやら赤目小籐次様と北村おりょう様は同じ考えの持ち主かと思えます。私もこれ以上、分限者になるこつは伝授しませぬよ」

と言った観右衛門が手にした杯の酒を愛《いと》おしげに飲み、

「おりょう様、一つだけ聞いては下さいませぬか」

「なんでございましょう」

「芽柳派を主宰なさる宗匠が、本名の北村おりょう様で指導なさるのはいかがなものにございましょう。雅号をお付けになるお考えはございませんか」

「そのことでしたか。お弟子の方々にも言われました」

「でございましょう」

「そこであれこれと頭をひねったのですが、なかなかよい知恵が浮かびません。赤目様、なんぞ付けて下さいませ」

「なに、それがしにおりょう様の雅号を付けよと申されるか」

小籐次《こさわ》の視線の先に茶室の不酔庵《ふすいあん》が見えた。酔の一文字をとって酔ではおりょうに相応しくない。酔を粋に変えて、

(北村歌粋、川粋……芸人のようでぴたりとこぬな)

と惑いながら、

(北村不迷、では色気がない)

と思った小籐次は、素直に頭に浮かべた二文字を口にした。

「歌女《うたじょ》ではのうて歌女《うため》、ではいかがでしょうか」

「芽柳派主宰北村歌女、悪くはございませんな」

と観右衛門が言い出し、

「北村歌女、生涯歌に生きる女にございますれば、この雅号に優るものはありますまい」

おりょうがにっこりと笑ったものだ。

望外川荘の上に月が上がり、池の水面に映じた。それを見ながらの歓談が続き、五つ（午後八時）の刻限、観右衛門が、

「いや長々とお邪魔致し、存分に馳走と酒を頂戴致しました、おりょう様」

と辞去の挨拶《あいさつ》をしたが、その足元はいささかふらついていた。

「いや、楽しい酒でござった。なにより駿太郎がおりょう様の下に寄せてもらい、風邪が治ったようで、それがしも安堵致しました」

と小籐次も応じて、観右衛門を望外川荘の湧水池の船着場まで送っていった。

「赤目様、私がいったん御用を断わったにも拘《かかわ》らず、秀次親分は元庵先生の下に押し掛けて頼みごとをしたそうですな」

と酔った口調で観右衛門が言った。

「頼みごとではないが、独り言を呟いて行かれた。それにしてもようご存じじゃな」

「駿太郎様の薬を取りに行った梅吉が、そんなことを聞き込んできました」

「近藤精兵衛どのの頼みとかで、親分も困っておられるようじゃ」

「親分はそんな赤目様の人のよさを頼りにしているのですよ。だめですよ、お受けになっては」

「観右衛門どの、なんぞこの一件についてご存じの様子でござるな」

しばし無言で歩く観右衛門の前を、喜多造が小籐次の研ぎ上げた道具を抱えていく。

観右衛門がいきなり言い出した。

「公方《くぼう》様の近くに奉公する三河以来の譜代《ふだい》の臣、御番組頭《ごばんぐみがしら》の佐治義左衛門様は剣術に長《た》け、酒をこよなく愛する武士《もののふ》にございました。三年前、この佐治様に上様の剣術指南の話がございました。ですが、時折見せられる短気と酒乱が災いして、御役に就くことができませんでした。それを機に、酒の度を超されるようになったそうな」

観右衛門はやはり知っていた。

秀次が旦那の近藤精兵衛からの頼みごととして小籐次に独りごちた内容だった。

だが、小籐次は知らぬ振りをして観右衛門の喋るにまかせた。

「佐治家は武名高い家系、家来衆にも腕自慢が数多《あまた》おられるとか。近頃、湯島切通町《ゆしまきりどおしまち》の屋敷から夜な夜な悲鳴が上がり、近隣の屋敷も迷惑しているそうです。ですが、相手は祭儀一刀流とかいう先祖代々の剣術の継承者にして、頭を酒毒に冒されかけたご仁、だれも注意できるものとてない。ともあれこの佐治様の夜な夜なの乱暴狼藉《ろうぜき》を止めぬことには、家来衆に怪我人が続出するばかりです。そこでどこぞの知恵者が、もはや赤目小籐次様に出番を願うしかあるまいと言い出し、南町奉行所と縁があるというので、奉行が与力の五味達蔵様に赤目様の出馬を願えと命じ、さらに五味様が近藤様に口利きさせよと命じたものが、最後には難波橋の秀次親分が走り回ることになったのですよ」

「ようご存じだ」

「佐治邸の隣に備中《びっちゅう》庭瀬藩板倉家がございましてな、こちらの用人《ようにん》様から困った話として聞かされておりますので」

「観右衛門どの、旗本の監督糾弾は御目付《おめつけ》の役目にございますぞ」

「いかにもさようです。ですが、近頃の御目付衆は権威に任せて旗本を取り締まってきたものですから、肝心な武術の腕前が疎かになって、佐治様に面と向って言える者がいないそうなのでございます」

「観右衛門どのの注意を受けるまでもなく、それがしの出番はござらぬ。幕府のお役人衆が取り締まるべき一件にござる」

「その口調では赤目様も秀次親分から事情を聞かされたようですね」

「観右衛門どのの申されるとおり、旦那の近藤どのの頼みでは秀次親分も無下に断わるわけにもいかず、使いの役を果たしたのでござろう。されど筋が違います
でな、それがし、きっぱりとお断わりしておきました。もはや、ご懸念無用です」

と小籐次が答えたとき、喜多造が柴折戸《しおりど》を開けて、船着場に出た。

「赤目様、それで安心しました」

「本日、預かった道具は明日にもこちらから届けます。駿太郎の薬を元庵先生のところに貰いに行く用事もございますのでな」

と小籐次が言い、

「いやはや、今宵はいいお酒にございました」

とふらつく足取りの観右衛門に小籐次が手を添えて舟に乗せた。

「それではまた明日」

「馳走になりました。おりょう様によろしくお伝え下さい」

と言い残した観右衛門を乗せた喜多造の猪牙舟《ちょきぶね》が湧水池から隅田川へと出ていった。

望外川荘に戻るとすでに宴の場は片付けられ、駿太郎の寝息が聞こえていた。

「おりょう様、観右衛門どのは今宵なんとも満足げに酒を召し上がっておられましたな。おりょう様の供応がよほどうれしかったのでござろう」

「久慈屋さんには足を向けて寝られぬほど世話になっております。この次は主どの一家をお誘い致しましょうか」

「それはようござる」

小籐次がおりょうの下から駿太郎の寝間へ下がろうとすると、

「赤目様、湯が沸いております。汗を流してお休み下さい」

「なに、湯が。贅沢《ぜいたく》な暮らしで赤目小籐次、罰があたりそうじゃ」

と言いながらも、一日汗を掻いた体を夜具に横たえては望外川荘に迷惑と考え、

「遠慮のう頂戴致す」

と湯殿に向った。

かかり湯を使い、汗をさあっと流すと、一日の疲れが消えていくように気持ち

よかった。

そのとき、脱衣場に人の気配がして香の匂いが漂った。おりょうが着替えを持参したかと小籐次が何気なく振り向くと、白い裸身が洗い場にすうっと入ってきた。

ごくり

と小籐次は唾を呑み込み、

「お、おりょう様」

と洩らすと、おりょうの裸身が小籐次の背中にぴたりと触れて、

「小籐次様」

と耳におりょうの吐息がかかった。

「おりょう様」

小籐次は夢を見ているようで体を硬くしていた。

第二章　国三との再会

一

翌未明、小籐次がおりょうの寝床をそおっと出ようとすると、おりょうの手がうなじに優しく触れた。夜具が動いたせいか、おりょうの体から香りが漂ってきた。

だが、小籐次は誘惑を振り切ると湯殿に行き、水を被《かぶ》って煩悩を鎮め、脱衣場におりょうが用意してくれていたふだん着に袖《そで》を通した。

庭に出るとまだ闇が須崎村付近を支配していた。

新しい朝を迎える前、夜はいちばん暗い刻限を迎える。ちょうどそのときだった。

小籐次は闇の中で、父親の伊蔵《いぞう》から相伝された来島《くるしま》水軍流の正剣十手の序の舞から、二手流れ胴斬り、三手漣《さざなみ》、四手波頭、五手波返しと一手一手を丹念に得心がいくまで繰り返していった。

いつしか東の空が白んでいた。

だが、小籐次の備中次直《びっちゅうつぐなお》は止まらない。

九手波颪《なみおろし》、十手波小舟を使い終わると、脇剣に移った。

一手竿突き、二手竿刺し、三手飛び片手、四手水車、五手水中串刺し、六手継竿をなぞった小籐次は、七手竿飛ばしで来島水軍流正剣十手、脇剣七手を使い終えた。

刻限は六つ半(午前七時)、二刻(四時間)ほど体を苛《いじ》めて、汗を流したことになる。

小籐次はその足で井戸端に行き、褌《ふんどし》一つになると、釣瓶《つるべ》で汲み上げた水でさっぱりと汗を流した。

「朝からえらく精が出るのう」

百助が下帯と紺地の浴衣、裁《た》っ付《つ》け袴《ばかま》を持ってきた。

「おりょう様がこれに着替えよと言われただ」

「おお、それはありがたい」

おりょうの心遣いを素直に受けて着替えた。

「赤目様、やっぱりよ、家というものは男がいて女がいて賑《にぎ》やかな笑い声が響くのが一番じゃな」

と百助が言った。

「そうかのう。わしはそなたも承知のように駿太郎と二人だけの裏長屋暮らしゆえ、かような上げ膳据え膳は幸せ過ぎて恐ろしいくらいじゃ」

「そうでござんしょう、そうでござんしょう」

と応じた百助がにやりとした笑い顔を残して、自分の小屋に姿を消した。

小籐次は浴衣の袖をめくると、稽古で汗を搔いたふだん着を水を張った桶に浸《つ》けて、手洗いした。そこへ女衆《おんなし》のおとよが姿を見せて、

「赤目様、洗濯は私がするだよ、置いておきなされ」

と言った。だが、小籐次は、

「やりかけたことだ。最後までやり通さぬと気持ちが悪い」

と答えると洗い続けた。洗ったふだん着を固く絞って物干し竿に干し、ぱんぱんと叩《たた》きながら皺《しわ》を伸ばした。

「たしかに独り暮らしが長いとみえる。洗濯もなにも手慣れたものだ」

とおとよが感心した。

おとよは、最近望外川荘に雇われた通いの女衆で、飯炊きから掃除、洗濯までなんでもこなした。それだけ望外川荘の人の出入りが増えたということであろう。

小籐次は台所の板の間に行った。莫蓙の座布団が敷かれた前に膳が三つあった。

あいが小籐次の姿を見て、

「おりょう様と駿太郎様をお呼びします」

と奥に姿を消した。

「なに、まだ朝餉を食されていなかったのか」

と小籐次が呟くところに、薄化粧をしたおりょうが駿太郎の手を引いて姿を見せた。

「父上、おはようございます」

寝巻からふだん着に着替えさせてもらった駿太郎が、板の間に正座して挨拶した。どうやらおりょうが教え込んだようだ。

「挨拶がようできたな、おはようござる」

駿太郎に小籐次も挨拶を返し、

「おりょう様、挨拶が遅うなりました。ご機嫌いかがにございますか」

「赤目様、りょうの機嫌が悪いわけはございません」

おりょうが艶然《えんぜん》とした笑みを湛えて小籐次に言った。

小籐次はその顔をまぶしげに見て、

(女というものはなかなか分らぬものよ)

と胸の中で嘆息し、呟きを洩らした。

「先に食されてもよかったものを」

「独りで食しても詰まりませぬ。りょうと駿太郎様がご一緒しますが、ご迷惑ですか」

おりょうが小籐次に尋ね返した。

「なにが迷惑なものか。最前百助さんにも言うたが、上げ膳据え膳の贅沢極まりない暮らしが怖いだけじゃ」

膳の上には丸干し鰯に大根おろしが添えてあり、野菜の煮物と香のもの、賽《さい》の目豆腐に葱の味噌汁は小籐次の好物だった。

駿太郎の膳には昨日の残りの平目の煮付と海苔《のり》が、丸干し鰯の代わりに添えてあった。

「赤目様ともあろう武士《もののふ》にも怖いものがございますか」

「さよう、幸せの次にくるのは不幸不運と決まっておる。体が健やかであればあるほど次は病が襲いくる。降り続く雨も日照りもいつかはやむ。これはものの道理でな、だれにも抗えぬ」

「ほっほっほほ」

おりょうが笑い、あいが供した茶を手にした。

「駿太郎様は風邪をひかれたゆえ次には元気におなりになる、理屈ですね」

「まあ、そういうことにござる」

「りょうと小籐次様は息災ゆえ、次は病にかかる番ですか」

「そうでなければよいが」

「そのときは一緒に枕を並べてなかよう養生致しましょう」

とおりょうが笑いかけ、駿太郎が、

「おりょう様、おなかが空いた」

と言った。

「あれあれ、父上とお話しして駿太郎様のことを忘れておりましたね」

おりょうがなんとも幸せそうな笑顔で駿太郎の世話を始めた。

小籐次は、

「馳走になります」

と合掌し、箸《はし》を取った。

賽の目豆腐の味噌汁をお代わりして三杯飯を食し、小籐次は満腹した。見ると駿太郎も小さな茶碗の飯をきれいに食べていた。食欲がさらに出てきたところを見ると風邪は快復したようだ。

「おりょう様、本日、それがしがなんぞ手伝うことがござろうか」

「ございます」

とおりょうが笑った。

「なんじゃな」

「本日は四の日、門弟が集う日にございます」

「おお、忘れておった。これは迂闊《うかつ》であった。駿太郎を伴い、芝口新町に引き上げよう」

「それは困ります」

「われら、おりょう様の座の邪魔をしとうはない」

「いえ、赤目様はいつもどおりの仕事を続けて下さい」

「それでよいのでござるか。ならば本日は裏庭に研ぎ場を設けよう。それならば皆さんの目につくまい」

「それでは困ります。赤目様は泉水の傍らの木陰に研ぎ場を設けて下さいませ」

「それでは門弟衆の目に留まり、座の雰囲気を乱すのではござらぬか」

「いえいえ、歌の道は自然の移ろい、人々の暮らしの様、心模様を詠むものにございますれば、いつもどおりの望外川荘が大事なのでございます」

「真にそれでよいのかのう」

おりょうが大きく頷いた。

朝餉を終えた小籐次は、昨日の研ぎ場の縁側から不酔庵の傍らの、欅《けやき》の木陰に莫蓙を移して道具を置き、桶に湧水池から流れ込む水を汲んで仕事の仕度を整えた。

床上げした駿太郎を研ぎ場に設けた筵に呼んで、一日を過ごすことにした。

「じいじい、駿太郎も研ぎがしたい」

「うーむ、そなたも研ぎ仕事が習いたいとな。かような手仕事が身については、わしと一緒で生涯出世には無縁じゃぞ。それでもよいか」

「よい」

駿太郎が答えたので、小籐次の傍らにもう一つ使い込んだ砥石《といし》を置いて、竹細工に使う小刀を渡した。

「そなた、研ぎを承知か」

「じいじいをみて知っておるぞ」

「ならばやってみよ」

小籐次が駿太郎にやらせてみると、古砥石の滑面を水で十分に濡らし、小刀の刃も濡らして、見よう見真似で研ぎ始めた。

なかなかの腕前だ。

「ほう、たいそう上手ではないか。じゃが、もそっと刃を寝かせよ。押すより引く手が大事じゃぞ。そうそう、上手なものだ」

感心した小籐次は、新たに持ち込まれた久慈屋の道具を研ぐ仕度を始めた。その中に見慣れない刃物が交じっていた。

紙問屋久慈屋や足袋《たび》仕立ての京屋喜平が使う道具ではなかった。どうやら道具は、芝口橋界隈の料理屋が使う包丁だと見当をつけた。そこで初めて研ぐ刃の減り具合や癖を丹念に確かめると、研ぐ順番を決めた。

「どうだ、駿太郎、うまく研げそうか」

駿太郎は砥石から小刀を離して刃を指のはらで撫《な》で、水に浸けて砥石の粉を落とし、光に翳《かざ》して確かめた。

一丁前の仕草がなんともおかしい。

「その様子なれば爺の立派な跡継ぎになりそうじゃな」

と褒めると駿太郎がにっこりと笑った。

昨日までは眼だけがぎょろぎょろしていたが、だいぶ頬がふっくらとして元に戻っていた。

「よし、爺も研ぎにかかるでな」

使い込んだ出刃包丁から研ぎに入った。こうなれば小籐次は刃を研ぐことだけに専念した。

時が過ぎたのも分らない。

小刀の研ぎ具合を確かめるつもりか、駿太郎は小刀を使って竹細工を作る小籐次の真似をしていた。

(蛙《かえる》の子は蛙でしかないか)

と小籐次は考えた。

再び自らの研ぎに没入していった。

ふと気付くと周りを十数人の男女に取り囲まれていた。

顔を上げた小籐次におりょうの門弟たちが会釈《えしやく》をした。

「座の邪魔ではござらぬか」

と小籐次が尋ねると、

「おお、ほんものの赤目小籐次様じゃな」

と驚きの声が上がった。

「わしに偽が出たためしはない」

と言いかけて、

「いや、一度だけじゃが、研ぎ仕事を偽赤目小籐次に荒らされたことがあった。じゃが、わしは偽者ではない。北村おりょう様が証明してくださろう」

と答えていた。

「なかなか滋味というか、味わい深いお顔にございますな」

こんどは年配の女門弟が褒めたか貶《けな》したかした。

「ほんにほんに、嚙めば嚙むほど味が出てくるするめのようなお顔ですよ。おりょう様が惚れられたのはこのお顔であろう」

「門弟衆、さようなことを考えてはなりませぬ。北村おりょう様とわしとでは産《うぶ》神《すな》が違うでな、世間がどう誤解して受け取らぬともかぎらぬ。どうかそのようなことは口にせんで下され。それより、座に戻られたほうがよかろう。わしの面を見ておっても和歌は一つとして詠めませんぞ」

小籐次が注意したが、門弟たちはその場から去ろうとはしなかった。こんどは駿太郎の竹細工に興味を示して、あれこれとちょっかいを出した。

小籐次は久慈屋の道具の研ぎにかかった。

こちらはこれまで何度も研ぎを繰り返した道具類だ。目を瞑っていても使う人の癖も分れば、用途も承知していた。

ただ無心に仕事を続けた。

いつしか小籐次と駿太郎の周りから人の気配が消え、座敷から師匠北村歌女の声が聞こえてきた。

そんな声を聞きながら小籐次は研ぎ仕事を続けた。

いつしか駿太郎は小籐次の傍らからいなくなり、門弟衆の姿も消えていた。縁側に独りおりょうが座して、本日の座で詠まれた和歌の添削をしていた。

小籐次は桶の水を欅の根元に撒《ま》き、研ぎ道具を片付けて望外川荘の納屋に収めると、研ぎ上げた刃物類を古布に包んで小脇に抱え、おりょうのもとへと行った。

刻限は日の傾きから察して七つ（午後四時）過ぎか。

「おりょう様、研ぎ上げた道具を久慈屋さんに届けて参ります。六つ（午後六時）の刻限までには戻りますが、駿太郎の面倒を願うてよかろうか」

「赤目様、りょうの下に戻ってくると申されるなれば、気ままにお出かけなされませ」

とおりょうが言い、

「おりょう様、門弟衆が戯《たわ》けた噂をせぬか」

「案じられますな。門弟衆はどうやら酔いどれ小籐次様の熱心な信者になったらしく、温かい目で私どもの付き合いを見ておいでです」

「そのようなことがあろうか。いや、師匠の前ゆえ本心は明かされなかったのであろう」

「赤目様は、なかなか疑《うたぐ》り深い性分にございますな」

「剣術家はまず相手の挙動を疑るところから始まるでな、致し方ござらぬ」

「では申し上げます。歌人は詠む歌の中では嘘はつかれませぬ。本日、門弟衆が詠まれた歌の半分は赤目小籐次様の仕事ぶりばかりでした」

「なに、それがしが歌に登場したとな、そのようなことがあろうか」

と疑いの目で受け止めた小籐次は、

「では出かけて参る」

とおりょうに挨拶して望外川荘の船着場に向った。

途中でおりょうを振り返った小籐次が、

「おりょう様、なんぞ川向こうで購《あがの》うてくるものがござろうか」

と尋ねた。するとおりょうは顔を横に振っていたが、

「いえ、甘い物があれば買うてきて下さいませ。あいも駿太郎様も私も嬉しゅうございます」

と答えた。

小籐次は船着場から小舟を出した。

研ぎ道具を積んでいないのと下りゆえ、小舟は流れに乗って軽やかに進んだ。大川河口の右岸にある芝口橋まで、あっという間に到着した。

久慈屋の船着場では荷運び頭の喜多造らが荷船に注文の品を積んでいたが、

「赤目様、昨日は馳走になりました。なんとも楽しい一刻にございましたよ」

と礼を述べた。

「喜多造さんや、馳走したのはわしではないぞ。わしも客の一人じゃぞ」

「あれ、そうでしたか。赤目様が主様とばかり思うておりましたよ」

と答えるのを聞いて船着場から河岸道《かしみち》に上がり、久慈屋の店に入っていった。

「観右衛門どの、道具を届けに参った。料理包丁はどちらのものですかな、届けて参ります」

「いえ、赤目様が参られると代金を取り忘れてこられます。あちらがうちに取りに来ますでな、その折にお代は頂戴しておきます」

「なんとも楽をさせてもらうな」

と笑った小籐次は店頭で布包みをほどくと、久慈屋とどこのものか分らぬ道具の二つに分けた。

「お上がりになりませぬか。茶など差し上げたい」

「尻を落ち着けると長居しておりょう様に叱られ申す。この足で駒形堂《こまがたどう》の備前屋に立ち寄り、研ぎの注文を伺うて望外川荘に戻ろうと思う」

と小籐次が答えたところにおやえが店に姿を見せて、

「駿太郎さんの加減はどうですか」

と駿太郎の風邪を案じた。

「おやえどの、心配をかけたが、今朝より床上げしてふだんどおりに過ごしており申す。本日は芽柳派の集いがあったで、われら親子、庭先で研ぎ仕事をして過ごした。よほどわれらのことが面白いか、門弟衆が見物に押し掛けてな、なんとも奇妙な気分にござった」

「天下の赤目様です、門弟衆も関心がおありなのですよ」

「そうかのう」

「赤目様、もう数日は望外川荘におられますよね」

「明日にも引き上げてこようと思うていたところじゃが、おやえどののもわしのもくず蟹の面を見物に来られるか」

「本家から忠左衛門様が江戸に出てこられます。忠左衛門様が望外川荘をぜひ拝見したいとおっしゃっておられます」

「おりょう様がおられればそれでよかろう」

「いえ、おりょう様と赤目様のお二人が望外川荘の主です」

「世間はえらい誤解をしているようじゃ」

「おりょう様にさようお伝え願えますか」

おやえの言葉に、

「あっ、思い出した。おりょう様から甘いものを購うてくるよう頼まれたのであった。おやえどの、この界隈に甘味屋はなかったかのう」

「赤目様、この刻限です。人気の店の品はどこも売り切れですよ」

「しまった」

と嘆く小籐次に、

「頂戴ものですが、虎屋《とらや》近江《おうみ》の甘いものがございます。お待ち下さい」

おやえが奥に入って小籐次はひと安心した。その様子を観右衛門がにこにこ笑って見ていた。

二

翌日のことだ。

備前屋の道具を研ぎ終えた小籐次は、古布で道具を包み、おりょうに、

「備前屋に届けるついでに深川蛤町《はまぐりちょう》に立ち寄って、お得意様から注文を取ってこようと思うております」

と告げた。

背筋をぴんと伸ばしたおりょうは今日も文机の前に座り、朱筆を手に門弟衆の

和歌の添削を続けていたが、

「まだ日が高うございます。うづさんと会えるとよろしいですね」

と言った。

昨夕、望外川荘に戻り、おりょうに会った小籐次は、

「久慈屋の本家の細貝忠左衛門どのが近々江戸に出てこられるそうな。それまで望外川荘に住まいしてようござるか」

と恐る恐る切り出した。

「おや、赤目様のほうからそのような話を持ち出されるとは珍しゅうございますね。なんぞ理由がございますか」

「いや、久慈屋の本家が浩介さんとおやえどのの祝言に江戸に出てきた折に、望外川荘をぜひ拝見したいとの申し出を書状で伝えてきたそうな。それがしは、ならばおりょう様がおられればそれでよかろうと返答したのでござるが、どうしてもそれがしとおりょう様の二人揃うての顔が望外川荘で見たいと申されるそうな。あまり長居をしてもならぬ。それがしと駿太郎は明日にも芝口新町に引き上げて、その折、また顔を出せばよかろう」

と小籐次は考えを変えたことを口にした。

「なりませぬ」

一言ぴしゃりとおりょうが答えた。

「久慈屋のご本家は、こちらで赤目小籐次様と私の二人にお会いになりたいと申されたのですね。ならば赤目様と駿太郎様は当分望外川荘に住まいして、ここで仕事をなさればよいことです」

「それではおりょう様の邪魔になろう」

「なんの邪魔ですか。それとも赤目様のほうに不都合がございますので」

「それがしのほうにあるわけもない。駿太郎の風邪も治ったで長屋に戻ろうと思うただけにござる」

「おお、そうです。おやえさんの祝言の日まで赤目様父子はこの望外川荘に滞在して下さいませ。お二人の祝言には私も招かれておりますので、ご一緒に芝神明社に参りましょう」

おりょうが小籐次、駿太郎父子の望外川荘逗留《とうりゅう》を決めてしまった。

そのせいか、小籐次が出かけるといっても、おりょうは昨日ほどあれこれと注文をつけなかった。

「うづどのはまだ蛤町裏河岸におるかのう」

と時刻を考えた。

八つ（午後二時）前後のことで日はまだ高い。

「きっとおられます」

「ならば駿太郎を連れていってよかろうか」

おりょうが疑わしそうな眼差しで小籐次を見た。

「いや、ただうづどの方にしばらく会うてないゆえ、駿太郎を見せたかっただけにござる」

「お二人でりょうの下を逃げ出そうと考えておられませぬか」

「昨夜、約定《やくじょう》したように、こちらには祝言の日まで世話になるのじゃ。なんでそのようなことを考えようか」

小籐次の言葉に満足な笑みを浮かべたおりょうが、

「おお、そうです。私は未だ深川蛤町近辺を知りませぬ。私も行きとうございます。同道してはなりませぬか」

と言い出した。

「なんと歌人の北村歌女様と駿太郎を連れて、研ぎ仕事の注文に深川まで遠出とな」

「なんとのう赤目様の口調に迷惑なという気配がございますね」

「滅相もない。ならば身仕度をして下され。それがしは舟を少しばかり小ぎれいに片付けておりますでな」

小籐次は腰に脇差長曾禰虎徹《わきざしながそねこてつ》を差しただけの姿で道具を抱え、早々に船着場に向った。研ぎができるように改装した小舟だ。だが、今は研ぎ道具は舟に載せていない。そこで舟の胴の間を片付けて、おりょうと駿太郎の座る場所を設けた。

「これでよかろう」

小籐次が呟いたとき、笠《かさ》を被ったおりょうが駿太郎の手を引いたあいを従えて船着場に姿を見せた。

「赤目様、あいも深川見物がしたいそうな。うづさん方とは知らぬ仲ではなし、連れていってようございましょう」

「二人も三人も同じことにございます。ささっ、按配《あんばい》よう舟に乗って下され」

小籐次はおりょうの手を引いてまず舟に乗せた。すると傍らから駿太郎があいの手を放して、
ひょい
と飛び乗った。

「おやおや、駿太郎様の身軽なこと」

「おりょう様、駿太郎は大きくなったらじいじいの研ぎをやるぞ。舟に乗って仕事をするぞ」

「赤目小籐次様の跡継ぎができましたか。どのようなお気持ちですか、赤目様」

小籐次はあいを助けて舟に乗せ、舫《もや》い綱を緩めると身軽に小舟の艫《とも》に乗り込み、棹を使って、ぐいっと船着場の床板を押した。

湧水池を出て、櫓に替えた。

「駿太郎がそのような気持ちをいつまで持っておるか」

おりょうは小籐次の言葉の中に不安を感じとっていた。

駿太郎の真の父親は、元丹波《たんば》篠山《ささやま》藩の馬廻り役須藤平八郎といった。須藤は小籐次の前には赤穂《あこう》藩新渡戸《にとべ》某《なにがし》が放った刺客として現れたのだ。その対決を前に、敗れた折は赤子の世話を小籐次に願うと言い残して戦った経緯があった。

勝ちを得た小籐次は駿太郎を引き取り、わが子として育ててきた。

だが、駿太郎が大きくなり、実の父を斃《たお》した相手が小籐次と知ったとき、どのような道を選ぶことになるか。

父の敵として、駿太郎と小籐次は対決を余儀なくされるのか。

おりょうは小籐次がその心構えで、駿太郎が剣術を学び始める年齢になることを待ち望んでいるのを承知していた。

「いえ、駿太郎様も、赤目小籐次様ときっと同じ道を歩かれます」

「ということは、研ぎ仕事をしながら世間を渡ることじゃぞ」

「それではなりませぬか」

「あの世におられる須藤どのがどのような考えであったか」

「赤目様、駿太郎様の父御はこの世でただ一人にございます。そのお方のお考えのままに駿太郎様を育てることが大事かと存じます」

「男手一つでうまく育てられようか」

「十分に育てておいでです。足りないところはりょうがお助け申します」

「願おう」

と素直に応じた。

夏の八つ半（午後三時）の頃合いだ。

強い陽が中天にあって隅田川を照らしつけていた。だが、川風が吹いており、日差しほどには暑く感じられなかった。それでも照り返しがおりょうの白い顔を眩《まぶ》しく輝かせていた。

駿太郎は小舟の舳先《へさき》から流れる水に手を浸し、その傍らであいが見守っていた。

刻限が刻限だ。日差しが照りつける水上には仕事船や筏《いかだ》ばかりで、猪牙舟など人を乗せた舟の姿は少なかった。

吾妻橋《あづまばし》から御厩《おんまや》河岸ノ渡しへ向うと右手に駒形堂が見えた。

「備前屋には帰りに届けよう」

と小籐次が呟き、

「おりょう様、浩介さんとおやえどのの祝いじゃが、なにがよいかのう」

と相談を持ちかけた。

「相手は江戸で名だたる紙問屋の久慈屋さん、私どもが金銭を贈るのはいかがなものにございましょう」

「それを考えた」

「やはり気持ちが籠《こも》ったものが宜しゅうございましょう」

と応じたおりょうはしばらく思案していたが、

「赤目様、花嫁と花婿の寝間を照らすほの明かり久慈《くじ》行灯《あんどん》を造って下さいませぬか。私が雪月花の景色を添えてみます」

「おお、それはよい。望外川荘の百助さんが暮らす小屋に煤竹《すすだけ》を見つけた。あれで造ればなかなかのものができそうじゃ」

「そうなさいませ」

とおりょうが応じ、浩介とおやえの祝いの品が決まった。

小籐次が永代橋を潜って深川相川町と越中島の間に口を開けた堀に小舟を入れたとき、ようやく水面にも日陰ができ始めていた。

深川蛤町の裏河岸に小舟を入れたとき、河岸道から延びた橋板の一角に日差しを避ける日傘を立てたうづの野菜舟が見え、客の女たちの相手をしている姿が見えた。

「うづ姉ちゃん！」

駿太郎が舳先に立ち上がって叫ぶと、うづが、
ぱあっ
と振り向き、

「駿太郎ちゃんだ」

と叫び返した。

「どうしたの、赤目様、おりょう様とあいさんも一緒に深川に姿を見せるなんて

珍しいですね」

「駿太郎が風邪をひいてな、熱を発したのだ。熱は引いたのじゃが、静養に望外川荘に邪魔をしているのだ」

「ああ、それでおりょう様とあいさんも連れて、深川見物なの」

「そうではない。竹藪《たけやぶ》蕎麦《そば》の美造親方を始め、お得意様に無沙汰しておるでな、お詫びかたがた注文を取りに参った」

「どこも手薬煉《てぐすね》引いて待ってるわよ。赤目様、覚悟することね」

「やっぱり怒っておられるか」

小籐次は橋板を挟んで反対側に小舟を着け、舫い綱を杭《くい》に巻き付けた。

「商いはどうじゃな」

「夏は青物の季節じゃないもの、だめだめ。でも毎日顔を出さないとお得意様に愛想を尽かされるわ」

「耳が痛い話じゃな。わしは七重八重に膝を折り、白髪《しらが》頭を下げて、詫びに回って参る。おりょう様、うづどのと話をしていて下さらぬか」

「私たちが付いていっては迷惑ですか」

「年寄りがど頭《たま》を下げるばかりじゃぞ。面白くもあるまい」

と小籐次が言い、うづが、

「赤目様、枝豆くらいしか残ってないけど太郎吉さんのところに届けて」

と背負《しょ》い籠《こ》に枝豆を入れて渡してくれた。

研ぎを頼まれた道具を小籐次が運びやすいように竹籠に入れてくるのを考えてのことだった。

「借りよう」

小籐次は心遣いの竹籠を背負い、

「おりょう様、しばらく待って下されよ」

と願うと橋板を踏んで河岸道に上がった。

真っ先に訪ねたのは竹藪蕎麦だ。

夕暮れ前の刻限、蝿《はえ》がけだるく羽音をさせているくらいで、客の姿もなく昼寝でもしている様子だ。

「ならば最後に致そうか」

と小籐次は黒江町八幡橋際の曲物師《わげものし》万作と太郎吉の仕事場に向きを変えた。

「おや、珍しいお方が」

万作がじろりと睨んだ。

「親方、いささか事情がござってな」

「またどこぞの殿様に頼まれて遠出をなされたか」

「いや、そうではない。駿太郎が夏風邪を引いて熱を発した。ために芝口橋際の倉村元庵先生のところに泊まり込んで看病いたしておってな、致し方なく仕事を休んだのじゃ。真にもって申し訳ござらぬ」

と頭を下げた。

「なんだって、それを早く言わねえ。駿太郎ちゃんの加減はどうなのだ」

「ただ今は快復して、養生のためにおりょう様のところに厄介になっておるのだ。そこで研ぎに出られぬ分、かようにお詫びかたがた注文を取りに回っているところじゃ」

と小籐次は背中から籠を下ろし、

「うづどのからの預かり物じゃ」

と太郎吉に渡した。

「えっ、うづさん、今日も蛤町に来ているのか」

「うづどのの商い熱心にはほとほと感心いたす。こちらに嫁に入ったら、この界隈の得意先は困ろうな」

「それだ。二人でさ、話し合い、二日に一度くらいは実家《さと》の平井村に戻ってさ、野菜を仕入れ、商いを続けようと決めたんだ」

「おれは知らんぞ」

と万作が口を挟んだ。

「おっ母《か》さんには話したぜ。親父は反対か。そう家に縛りつけてばかりじゃ嫁が逃げ出すぜ」

「だれが家に縛りつけるといった。なぜ主のおれに先に了解をとらねえ」

「おや、うちは女主かと思ったがね」

太郎吉も負けてはいない。師匠でもある親父に言い返した。それだけ父子が理解し合っているということだろう。

「本日は親方のご機嫌麗《うるわ》しゅうないようじゃ。また出直して参ろう」

「待った。だれの機嫌が悪い。道具が溜まっているんだよ」

と万作が言い、

「太郎吉、酔いどれ様が逃げ出さないうちに籠の中に道具を放り込め」

と命じた。

小籐次は経師屋《きょうじや》の根岸屋安兵衛方から魚源五代目の永次親方の店に立ち寄り、

詫びを入れて研ぎの要る道具を預かった。

竹籠はもはやずしりと重い。

竹藪蕎麦に戻ったのは、七つ半（午後五時）前のことだった。

「おい、そちらの姉さん、酌を願おうか」

という声が店の中からして、竹藪蕎麦のおかみのおはるが、

「茂三さん、こちらはお客様にございますよ。そのようなことはうちではなしにして下さいな」

と頼む声がした。

「客同士が話し合ってるんだ。親分の思《おぼ》し召しだ、店の野郎はすっこんでやがれ」

茂三が怒鳴った。

「蕎麦屋で昼日中《ひるひなか》から酔い食らうとは、褒めた所行ではありませぬ。河岸の水で顔を洗っておいでなされ」

と応じたのはおりょうの声だ。

「やれやれ」

小籐次は竹藪蕎麦の店の前に背中から籠を下ろし、肩をぐるぐると回した。

「親分さんが大人しく仰《おつしや》ってるんだ、素直に言うことを聞くものだぜ。一杯、酌をしろと言ってるだけだ」

「仙台堀一家の兄さん方、おりょう様に手出しをするのはよくないと思うよ」

倅《せがれ》の縞太郎の声がした。

どことなく小籐次が戻ってきたことを察しての声だった。

「なんだと、縞太郎。てめえ、勝手にやくざから足を洗いやがって、思い知らせてやろうか」

「茂三さん、おまえさんに用事のお方が表におられるぜ」

「なんだと、だれがいるだと」

「おりょう様のいいお方だよ」

「どこのどいつだ」

と三下奴《さんしたやつこ》が懐に片手を突っ込んで出てきて、

「爺、どけ」

と叫ぶところを、小籐次が思いきり、

ばしり

と頬べたを張り飛ばした。

横手に吹っ飛ばされた茂三の懐手が抜け、匕首《あいくち》が路地に飛んだ。

「やりやがったな」

と仲間が飛び出してきて、最後に悠然と白地に鎌輪奴《かまわぬ》模様の浴衣を着た仙台堀の鴈鉄《がんてつ》親分が姿を現し、小籐次の顔を見て、

「まずいぞ」

と顔を背けた。

「親分、なにがまずいんで」

と子分たちが意気込んだ。

「よ、酔いどれ小籐次だ」

「だれが酔いどれですって」

「目の前の爺だよ」

鴈鉄は小籐次が脇差に手を掛けたのを見て怯《おび》えた顔をした。

「いえね、まさか酔いどれ小籐次様の縄張りとは知らなかったんだよ」

小籐次は黙って手を出した。

「な、なんの真似ですかい」

「蕎麦代に酒代、さらには迷惑料だ」

じろりと小籐次に睨まれた仙台堀の鳫鉄が懐から革の財布を出した。

「それごと貰おうか。再びかような真似をこの界隈でなすときは、赤目小籐次が一家に殴り込む。その折は本日のようにおとなしゅうはないぞ、そなたの素《そ》っ首《くび》、貰い受ける。相分ったな」

がくがくと頷いた鳫鉄がこそこそ逃げ出し、

「おーい、茂三を忘れるでないぞ」

という小籐次の長閑《のどか》な声が竹藪蕎麦の店先に響いた。

三

その夜、小籐次は百助の小屋の板の間に陣取り、小屋の隅で見つけた煤竹を鋸《のこぎり》で適当な長さに切り、古布で丹念に磨いた。するとなんとも見事な飴色に表面が輝いた。

どうやらこの竹は元の持ち主の、旗本秋本信濃守時代に小屋の囲炉裏《いろり》上で使われていたものらしい。長年煙に燻《いぶ》され、なんとも風合いのいい色を造り出していた。

「酔いどれ様、なにをしようとしておられる」

と百助が蚊遣《かや》りを燻《くゆ》らせながら訊いた。

「久慈屋の番頭どのと娘御が祝言を挙げられるでな、ささやかな祝いの品を造ろうかと思うておる。格別に漉いた久慈紙を使うてな、若夫婦の寝間を飾る行灯を拵《こしら》えようと思うのだ」

「なに、酔いどれ様はそのような器用なことができるのか」

百助は小籐次の行灯造りを知らなかった。

「そうか、そなたは知らなんだか。この酔いどれはなかなかの芸達者でな、御三家水戸様のお内所《ないしょ》を潤しておるのじゃ」

「ほう、水戸様とはまたほらを吹くにも大きく出たな」

と百助が笑った。

「まあ、見ておれ」

小籐次は布で磨いた竹を細く割り、竹の裏側を削って強度を保ちつつ、しなうように適当な薄さにした。そのような竹片を組み合わせ、径が八寸ほどの丸い玉を拵えた。縦横斜めと不均等に組み合わされた竹片が大小さまざまな隙間《すきま》を造り出していた。丸い竹片の組み合わせの裏側には油皿を出し入れでき、また油が切れたときには注ぎ足す口ともなる隙間を造った。

大きな丸竹を三つに割った台座の底や小口を丁寧《ていねい》に削って、丸玉の底と結合させた。さらに丸玉の天井にも小さな孔《あな》を残していた。

熱した空気が流れる孔だ。

小籐次は強度を確かめ、丸い玉をなす竹片を少しずつずらしては、骨となる竹片が美しい模様を創り出すように整えた。久慈紙を貼り、灯《あか》りを点《とも》したときに竹片の影がきれいに見えるようにだ。

円行灯《まるあんどん》を小籐次が造るのは初めてのことだ。

かたちがある程度できあがったとき、百助が、

「赤目様、なんとも器用じゃな」

とようやく感心してみせた。

「少しは認めてくれたか、百助さんや」

「それならば水戸様とはいかずとも、浅草寺《せんそうじ》の境内《けいだい》で一つ二、三百文で売れよう」

小籐次がその値を聞いて嬉しそうに笑った。

かつて小籐次が創案したほの明かり久慈行灯が何十両もの大金で売れたことや、

今も水戸藩の作事場で、ほの明かり久慈行灯を作って売り出していることを話したところで、百助が信じるとも思えなかった。

小籐次は竹細工の据わり具合や竹片の組み合わせの微調整を終えて、はた
と気付いた。

「うーむ、これではおりょう様に手を加えていただくところがないな。どうしたものか」

と困惑した。

が、まずは試しの行灯だ。明朝、おりょうに相談しようと思った。

過日、久慈屋に立ち寄り、格別に漉かれた久慈紙を観右衛門から頂戴してきていた。

その紙を木の葉とよく似たかたち、真ん中が膨らみ上下が細くなったかたちに切り分け、すでに用意していた糊《のり》で円行灯の上に貼っていった。すると円行灯の裏側と天井部に二つの孔が空いた照明具が完成した。

望外川荘の仏間から頂戴してきた仰願寺《こうがんじ》蠟燭《ろうそく》に火を点して行灯の中に入れてみた。

淡い光がなんとも美しかった。

小籐次は板の間の隅に円行灯を置いた。

百助はなにも言わずに灯りを見詰めていたが、

「これは魂消《たまげ》た、驚いたぞ。酔いどれ様にこのような芸があるとはな。さすがは苦労人だ」

と洩らしたものだ。

「差障りは残ったわ。肝心のおりょう様が手を入れられるところがないでな」

と呟いた小籐次は、行灯の竹片を組み合わせているときに思い付いたことを実行に移すため、さらに煤竹を割った。

こんどは大きな竹片があったり、小さな竹片があったり、長さも幅も長短ばらばらに割り、それを丹念に削《そ》いだ。

「よしよし」

と得心した小籐次は幅の広い竹片で大きなかたちを造り始めた。

「こんどは大行灯をこさえるだね」

「いや、行灯ではないぞ。楽しみにしておれ」

粗い籠のようなかたちができ、取っ手が編み込まれたとき、

「籠か、籠じゃな」

と百助が得心したように言った。

「見てのとおりの籠じゃが、いささか用途が違う」

小籐次が半刻（一時間）ほどかけて組み上げたのは平たい竹籠で、幅の広い竹片の間に細い竹片が複雑に編み込まれて、なんとも風変わりな籠になった。

「赤目様、それでは畑にも持っていけめえ。大体、かたちがいびつじゃぞ」

「そうか、使えぬか」

「一度使えば使い物にならんぞ。行灯はよかったが、籠はだめじゃな」

と百助が苦笑いして、評価を下した。

この夜の小籐次の夜なべ仕事は四つ半（午後十一時）を過ぎて終わった。


次の朝、小籐次が朝の独り稽古を竹林の中で終えて望外川荘の縁側に戻ると、おりょうと駿太郎が待ち受けていた。

「昨夜は小屋で夜なべ仕事をだいぶ遅くまでなさったようですが、祝いの品はできましたか」

「試しに造りましたが、おりょう様のお気に召すかどうか」

「それはまたなぜにございますな」

「井戸端で汗を流すまでお待ち下され」

おりょうに言い残すと井戸端に向った。稽古で流した汗をさっぱりと洗い流し、おりょうが用意してくれたふだん着に着替えた。その足で小屋から、二つの品と油皿、灯心などを手に庭に戻った。だが、縁側には寄らず、

「おりょう様、それがしが呼びましたら、不酔庵においで下され」

と呼びかけると望外川荘の茶室に向った。

「なんとも秘密めかしておられる」

おりょうが呟きながら、駿太郎と一緒に興味津々、小籐次から呼ばれるのを縁側で待った。

四半刻も待ったか。

小籐次の大顔がにじり口から覗き、

「おりょう様」

と呼んで引っ込められた。

待ちわびていたおりょうと駿太郎は手を取り合って、急ぎ足で不酔庵に歩み寄り、にじり口の前で息を整えた。

「お招きに与ります」

おりょうが平静に戻した息遣いで不酔庵の中の小藤次に声をかけ、にじり口の戸を開くと、まず駿太郎を中に入れ、

「戸口の傍らで静かにりょうをお待ちなされ」

と命じた。

頷いた駿太郎が茶室ににじり上がり、おりょうは今いちど息を整えると腰を屈《かが》めて不酔庵に入った。

丸窓障子から淡い朝の光が茶室をほのかに浮かばせていたが、おりょうの目には艶を湛えた灯りが映じた。だが、まず主の小籐次に会釈し、

「拝見させて頂きます」

と、竹で編まれ久慈紙を貼られた、円行灯の灯りににじり寄った。

「これはこれは、円行灯とは考えもしませんでした」

「竹で丸く編むと愛らしいかと思うたが、これでは組み合わせた竹片の影が邪魔をして、おりょう様が手を加えるところがないのじゃ。なんぞ知恵はござらぬか」

おりょうはしばし灯りを見詰めていたが、静かに顔を横に振った。

「いえ、これは浩介さんとおやえさんの祝いの品に相応しいものです。私が手を入れるのは惜しいほどの竹の影が、複雑にして微妙な魅力を創り出しています。なんとも素晴らしい思い付きです。赤目小籐次様の新作ほの明かり円行灯にございますね。夫婦《めおと》となった初めての夜を飾るにふさわしい行灯です」

と言い切り、褒めてくれた。

「最後にはおりょう様に一手を加えて頂き、仕上げたいのじゃがな」

「今日一日、思案させて下さいませ」

おりょうが応じて、平床に置かれた竹籠に目を向けた。

「最前から気にかかって仕方ございませんでした。これも赤目様のお作にございますか」

「思いつくままに花籠を造ってみましたが、いかがかな」

花籠には早朝小籐次が湧水池から切ってきた蓮《はす》の花が大胆に活けられていた。

「茶室に蓮の花ではいささか大きすぎよう。まあこれは勘弁して下され」

「なんとなんと、赤目小籐次様は私などより歌心をお持ちのお方にございます。りょうの体はこのようにぶるぶると震えております。不酔庵が一段と深みと凄《すご》みを増しました。訪ねてこられた客人を迎えるに、これほどのもてなしがございましょうか」

おりょうが震える手を小籐次に差し出してみせた。

「おやえどのの祝言の品、このようなものでよいかの。ならば今宵から本式に円行灯と花籠を造るがのう」

「小籐次様、りょうにもこのような円行灯と花器を造って下さいませ。生涯の宝に致します」

「それは易《やす》きことにござる。煤竹はまだ何本も残っておりますでな」

と答える小籐次の顔にようやく安堵の表情が浮かんでいた。


小籐次は研ぎ仕事をしながら、夜には百助の小屋に籠り、円行灯と花器を仕上げていった。おりょうのものは別にして、浩介、おやえのための祝いの品は布に包んで小屋に仕舞った。

そんな頃、久慈屋から、常陸から本家の細貝忠左衛門一行が江戸に出てきたので、明日にも望外川荘を訪ねたいという使いを貰った。そこで望外川荘は四の日の座が終わったあと、忠左衛門一行を迎える仕度に掛かって、小籐次と百助は屋敷の内外の掃除をした。

おりょうは自ら陣頭指揮して、女衆に手伝ってもらい料理を仕込んだ。なにしろ長年旗本水野家の下屋敷の内所を切りもりしてきたおりょうだ。大勢の膳を用意するなど手なれたものだが、さすがに季節の品を用いて仕度を終えたときには、四つ（午後十時）の刻限を大きく回っていた。

次の日、小籐次はいつもより朝稽古を早めに切り上げて、昨日掃き清めた庭を今一度検《あらた》め、隅田川の水を引き入れて庭に回遊させる流れに落ち葉などが引っかかっていないか、見て回った。

朝餉を食する台所では臨時に雇い入れた女衆がおりょうの指示の下に料理を作り、膳と器を揃えていた。

いつしか客を迎える刻限が迫っていた。

望外川荘の座敷には、小籐次が作った竹籠の花器におりょうが草花を盛り込んだ花々を飾り、華やかに演出していた。

「赤目様、そろそろおいでになる頃にございますね」

「茶室の仕度もしてござる」

「ならば私は座敷でお客人をお迎え致します」

「それがしは船着場に迎えに出よう」

とそれぞれ配置に就いた。

小籐次が湧水池の船着場に着いて間もなく、一艘《いっそう》の小舟が姿を見せた。

なんと南町奉行所定廻《じょうまわ》り同心の近藤精兵衛が、秀次親分を案内役に見知らぬ武家を伴ってやって来たのだ。

「なんでございますな、近藤どの」

「赤目様、なんだか迷惑そうなお顔にございますな」

と小柄な体で仁王立ちに迎える小籐次に、精兵衛が殊更にこやかに話しかけた。

「本日、望外川荘では客を迎え入れるでな。赤目小籐次、かく船着場に迎えに出たところにござる」

「そこへ歓迎せざる一行が飛び込んできたってお顔ですね」

秀次もにこやかに言った。

「難波橋の親分、そなたら承知ではないか。本日は付き合いできかねる。また日を改めてくれぬか」

と小籐次が願った。

「弱ったな」

と近藤精兵衛が呟き、

「赤目様、伴うたお方を紹介申し上げたい。御目付笹野十郎左衛門様にございます」

と小籐次が口を挟まぬように急ぎ、言い足した。

「笹野様は御目付という職掌ゆえ、旗本御家人衆の監督糾弾を長年務めておられます。わが奉行の言葉をお借りすれば、城中で人望厚きお方にございますそうな」

壮年の黒羽織が御用船に立ち上がり、小籐次に向って丁寧に腰を折った。

「それがし、近藤どのに口利きの労をとって頂いた目付の笹野にござる。こたびは無理難題を申して真に申し訳ござらぬ」

「あいや、笹野様、それがし、南町とは入魂《じっこん》の間ゆえできることはなしたいと思う。じゃが、ただ今はなんとも身動きがつかぬ」

「赤目様、笹野様のお話だけでも聞いて頂けませんか」

秀次が険しい表情で言った。

「今、客人が参られるゆえ、望外川荘にお通しするわけにもいかぬのだ」

「いや、こちらでようござる」

と笹野が御用船から飛び降り、

「赤目どののお耳を暫時《ざんじ》拝借したい」

と言い出した。

小籐次は恨めしそうに近藤精兵衛と秀次を見て、続いて笹野を振り返ると、笹野は湧水池の岸辺をそぞろ歩いていた。

精兵衛がぺこりと頭を下げ、秀次が手を合わせた。

「致し方ないわ」

小籐次は二人に言い残し、だれにも話を聞かれたくないのか船着場から離れる笹野に追いついた。

「赤目どの、昨日未明、老中青山忠裕《ただやす》様のお屋敷に呼ばれ申した」

「青山様のお屋敷にとな」

「赤目どのはご入魂の付き合いとか」

ふうっ
と小籐次が溜め息をついた。

「その場に信州松野藩松平保雅様もおられ申した」

「しゃっ」

外堀も内堀も埋められたと小籐次は思った。

御目付の笹野は小籐次の弱点を承知で望外川荘を訪ねてきたのだ。

久慈屋に届けられた二百両も格別な意味があってのことかと、小籐次は邪推した。

「町方からおよその話はお聞き及びと存ずるが」

小籐次は聞いたとも知らぬとも答えず沈黙を守った。

「いささか目に余る所行ありて、御番組頭佐治義左衛門邸に目付配下の者を遣わしました。佐治は使者二人をいきなり斬《き》り殺し、江戸府内の屋敷から滝野川村の抱え屋敷に家来ともども退転いたし、立て籠ったのでござる。われら即刻佐治の抱え屋敷を蟻《あり》一匹這い出る隙間もないように囲んだ。じゃが、力で押し切れば双方に数多の死者怪我人が出るは必定《ひつじょう》にござろう。また御番組頭の佐治家は三河以来の譜代、代々が将軍家近くにお仕えしてきた一族にござる。なんとか穏便に事を済ませよというのが幕閣の命《めい》にござってな、われら、いささか手を拱《こまね》いており申した。その折、老中青山様のお屋敷に呼ばれたのでござる」

老中の用がなにか小籐次は尋ねない。意図するところは明らかだった。

「佐治義左衛門は祭儀一刀流の名人にござってな、城中でも評判の剣の遣い手。何年か前は上様の剣術指南に推すお方もあったほどの腕前じゃが、その折、佐治の短気な人柄と酒癖が問題になって剣術指南に就くことは叶わなかった。この直後からさらに酒の量が増え、あれこれと悪い噂が流れてきて、ついには目付の使者を斬り殺すにいたった。御用を果たそうとする使者を斬り殺したは、上様への謀反《むほん》とも考えられる。幕閣では即刻果断なる行動に移して騒ぎを収束させるよう命じておられる。と同時に、最前も申したが、できるだけ穏便な解決、佐治義左衛門のみを始末する策を探れとも命じておられる。そのような簡単な方策があれば、だれも頭を悩まさぬ。赤目どの、われらが苦衷をお汲みとり下されʼ」

小籐次は沈黙を守っていた。

相手ももはや口を開こうとはしなかった。

「青山様は……なにをせよと、命じられましたな」

「赤目どのに誠心誠意、相談せよと」

ふうっ

とまた小籐次が大きな息を吐いた。

「滝野川村に立て籠る人数は」

「佐治家の一族郎党二十七人、屋敷を離れるとき、隣屋敷の備中庭瀬藩板倉家の奥女中お杉様が乗り物で出かけようとするところを人質にして、滝野川の抱え屋敷に連れ込んでおり申す」

「なんと愚かなことを」

「赤目小籐次どの、ご助勢頂けますな」

小籐次は致し方なくも頷かざるを得なかった。

「佐治の抱え屋敷に打ち込む刻限は明日未明八つ（午前二時）にござる」

「承《うけたまわ》った」

と小籐次は短く答えた。

四

南町奉行所の御用船が須崎村の湧水池の船着場から姿を消して四半刻後、久慈屋本家の細貝忠左衛門と分家の主の昌右衛門、娘のおやえと婿になる浩介を乗せた船が姿を見せた。

船頭は久慈屋の荷運び頭の喜多造で、その傍らには久慈屋の小僧から本家に奉公のやり直しに行かされている国三が控えていた。

小籐次が手を振り、一行を乗せた船が船着場に近づいてきた。

「細貝忠左衛門様、よう参られましたな。それがし、本日は望外川荘の女主北村おりょう様の命により、屋敷の案内人を務めさせてもらいます」

小籐次が腰を折って挨拶した。

「赤目様、久しぶりにございますな。おやえと浩介の祝言に北村おりょう様、赤目小籐次様がお揃いでご出席下さると聞き、分家にな、なにはともあれご挨拶せねばなりますまいと言うたところです。そこで、かく望外川荘を見物させてもらいたく参上いたしました」

と船から忠左衛門が挨拶し、分家の昌右衛門も、

「赤目様、大番頭さんは、始終こちらにお邪魔させてもろうているようですが、私は滅多に機会がございませんで、今日は本家の付き添いで参りました」

「ささっ、どなた様も船から下りて下され」

小籐次が本家、分家の主二人の手をとって船着場に下ろした。

おやえは浩介に助けられて船を下りた。

「おやえどの、花嫁になる心構えはできましたかな」

「浩介さんに従うだけです」

「いえ、私はおやえさんが頼りです」

とお互いが言い合った。

「その気持ち、生涯忘れぬことじゃ」

「はい」

浩介とおやえが素直に頭を下げた。

小籐次が最後に残った国三を見た。

本家がおりょうに持参したと思える土産の品々を纏めて抱える国三は、体付きがしっかりとしたものになり、相貌《そうぼう》も奉公人の厳しい表情を見せていた。

小籐次は国三さん、と呼びかけようとして観右衛門の苦言を思い出した。

「国三、西野内村の暮らしには慣れたか」

国三が小籐次に向き直り、船の中で正座した。

「赤目様、その節はご迷惑をお掛け致しました。お蔭《かげ》さまで久慈の暮らしにも仕事にもようやく慣れたところでございます。あちらに行って私は、お店で扱う紙のことをなにも知らぬことに気付かされました。ただ今は修業習学の日々にございます」

国三が必死に興奮を抑えた言葉遣いで小籐次の問いに応じた。その表情にはひた向きさが見えて、国三の成長を窺《うかが》わせた。

「それはよい機会を与えてもろうたな」

「心《しん》からそう思うております」

小籐次は、国三の手が紙漉き仕事でしっかりと働く手になっていることを見てとった。

「本日はご本家のお伴ゆえそなたと話し合う機会はあるまい。落ち着いたら主様方に許しを得て、わしとつもる話を致そうか」

にっこりと微笑んだ国三が、

「主様の許しが出ましたらお願い申します」

と答え、

「赤目様もお変わりなくご壮健の様子、国三、嬉しく思います」

「そなた、この望外川荘は初めてであったな。おりょう様が芽柳派の指導や創作をなさる拠点じゃ。久慈屋どののお世話で持つことができた」

「後ほど見物させてもらいます」

小籐次は頷くと言った。

「喜多造さんや、百助さんの小屋でお待ちなされ。船よりもあそこのほうが日陰の上に風が通って居心地がよいでな」

湧水池の景色を眺める忠左衛門らに、

「お待たせ申しました」

と言うと柴折戸から望外川荘に入っていった。

「江戸にもかように緑が多く、水が豊かな地がございますか。これは歌をお創りになるお方にはなんとも素晴らしい景色にございますな」

忠左衛門が感心し、竹林を抜けたところで、
ぱあっ
と広がった庭と泉水の景色に足を止め、水に突き出た不酔庵の眺めに言葉を失った。

「なんとも見事な普請ですな」

「忠左衛門様、土佐金《とさきん》と申す名人上手の普請でしてな、江戸には土佐金の仕事はこの望外川荘くらいしかないそうな」

と昌右衛門が言った。

「ほう、これが噂に聞く土佐金の作とな。赤目様、私に茶室を覗かせて下され」

と忠左衛門が願い、

「おりょう様から、どこなりと案内するようにと命じられておりますでな、無粋

ではございますが、この赤目小籐次がお招き申します」

と応じた。

「浩介、おやえと国三を連れて、先に望外川荘に参り、おりょう様にご挨拶を済ませなされ。私も本家に従うて、改めて不酔庵を拝見させてもらいますでな」

昌右衛門が婿になる浩介と娘に命じ、小籐次は本家分家の主二人を案内して不酔庵のにじり口に立った。

忠左衛門は茶室の建物の一部が泉水に張り出した様子をじっくりと眺めて、感心しきりだった。

「いやいや、これは目の保養です。さて茶室に入らせてもらいましょうか」

小籐次がまず不酔庵に入った。

このようなこともあろうかと、釜《かま》の湯が沸かされ、平床には小籐次の創った花籠に、おりょうが活けた草花が景色を彩っていた。

あとに続いた忠左衛門と昌右衛門が外から微《かす》かに響く水の瀬音を聞きながら、

「これは芝口橋とは別世界」

「なんとも心が洗われます」

と茶室の景色を見回した。

「赤目様、わしに茶を馳走して下さらぬか」

と忠左衛門が言い出し、

「忠左衛門どの、それがしの茶は無手勝流、見よう見真似と言いたいが、かたちにもなっておりませぬ。おりょう様から一、二度、手解きを受けただけにござるが、それでよかろうか」

「赤目様の酔いどれ流の茶のお点前《てまえ》を拝見しとうございます」

「このところ恥を掻くことが多いな」

呟きともぼやきともつかぬ言葉を洩らした小籐次は、点前座へと静かに身を移した。

心を平静に保ち、二人の客に会釈をなすと、茶を点《た》てる所作《しょさ》を思い出そうと努めた。だが、おりょうから受けた注意はなに一つ思い出せなかった。

そこで心を明鏡止水の境地において、趣くままに茶を点てることにした。その所作を見守っていた忠左衛門が得心したように頷き、最初に茶を喫した。

さすがに悠然たる喫し方で見事な所作であった。

「赤目様、さすがは酔いどれ流の茶の湯。かたちがないようであり、あるようでありの融通無碍《ゆうずうむげ》、一碗に天と地が込められて、なんとも雄大なお点前にございました」

と褒めてくれた。

昌右衛門のそれはいささか形式にはまった所作だった。

「不束《ふつつか》な点前にございました」

「赤目様、忠左衛門、羨《うらや》ましゅうございます」

「忠左衛門どの、誤解をせんで下され。望外川荘も不酔庵も北村おりょう様のお城にござれば、赤目小籐次はせいぜい番人の役にござる」

「ふっふっふ」

と期せずして久慈屋の本家と分家の主が笑い出した。

この日、忠左衛門一行は、昼餉をはさんでいつ果てるとも知れぬ談笑に時を過ごした。常陸から出てきた忠左衛門は、須崎村の望外川荘がいたく気に入った様子で、

「おりょう様、わしは川向こうの江戸よりこっちがなんぼかよい。分家はどうして芝口橋なんぞの人込みの中が好きかのう」

と首を捻《ひね》ったものだ。昼酒にいささか酔ったこともあり、忠左衛門の正直な吐

露だったが、

「本家、それは私のせいではございませんぞ。私どものご先祖様が決めたことで、私は先祖の財産と思いを受け継いできただけ。これからは、ここにおる浩介とおやえが引き継ぐことになります。ともあれ、先祖が東海道へとつながる芝口橋にお店を決めたことは当然の策にございました。あれほどひとの往来が多くて、荷を運ぶ舟運《しゅううん》にも恵まれた堀端ですからな。いくら須崎村がのんびりしてよいからといって、この地に紙問屋久慈屋を開業していたら、一日で潰《つぶ》れていたことでしょうよ」

と反論した。

「はっはっは、たしかにここに紙を買いに来る客はおるまいな。この家《や》の主が歌人の北村おりょう様じゃからよいのじゃ。分家のことはわしもよう分っておりますって。じゃが、昌右衛門さん、わしがそう言いたくなる気持ちも分らんではなかろう」

と笑った忠左衛門が、

「赤目様、あなた様はどうか」

「どうかとは、どういう問いにござろうか」

「知れたことです。おりょう様の屋敷の住み心地を訊いておりますのじゃ」

「それはもう、良すぎて、時を忘れた浦島太郎のような気分にござる。されどいくら竜宮城が極楽でも、時に芝口新町の裏長屋の暮らしが懐かしくもなりますぞ」

「おうおう、それもまた人間の正直な気持ちじゃな。馳走ばかりが続いてはここで茶づけが食したくなるのも道理よ」

「おやおや、赤目様はりょうのもとから逃げ出すことばかりをお考えにございますね」

おりょうがいささか寂しげな顔で問うたものだ。

「いや、そうではないが、人というもの分相応がいちばん楽でな、まあそんなことを考えておる」

「やはり須崎村から芝口橋にお戻りになることを考えておられるのですね」

「あまりこちらに長居しては、おりょう様の作歌にも差し支えよう」

「あれこれと赤目様は仰います。私はご本家の忠左衛門様のお気持ちがよう分ります」

「でございましょう、おりょう様。と言うたところで、この爺が赤目小籐次様の代わりを務められるわけもなし。おりょう様、赤目様が駿太郎様を連れて、時折お訪ねになるのを楽しみにこの地の暮らし、大事になされませ」

「私もそれはよう分っております」

望外川荘の女主が自らを納得させるように言い、忠左衛門が、

「おやえ、浩介。おりょう様が赤目小籐次様を敬い、赤目様がおりょう様を真心から慕われる気持ちが夫婦和合の秘訣じゃぞ。そなたらもとくと見習いなされ」

と最後は本家が若い二人に教訓を垂れて、楽しい集いは終わりを告げた。


小籐次は駿太郎と一緒に船着場まで一行を見送りに行った。

すでに久慈屋の船は仕度がなされ、国三も主一行の戻りを待ち受けていた。

「忠左衛門の大旦那、だいぶ酒をお飲みになりましたな」

と笑った喜多造が、

「国三さんや、大旦那の手を取って船にお乗せしなされ」

と命じる前に、国三がさあっと忠左衛門の介添えをして船に乗せ、さらに昌右衛門にも手を差し出していた。

その様子を見ながら小籐次は、すっかり大人の奉公人に育った国三が常陸から

江戸に戻ってくるのはそう遠い先ではあるまいと考えていた。

「赤目様、水戸の方々が、赤目小籐次様は、竹細工の大師匠はいつ戻ってこられると西野内村に来られるたびに催促なされます。まさか常陸をお忘れではございますまいな」

この日、忠左衛門は最後の恨みごとを言った。

「むろん忘れたわけではござらぬ。じゃが、江戸におるとあれこれ用事ばかりが続いて、なかなか勝手ができぬのでござる」

「分家、赤目様にそう用ばかり言いつけるのではありませんぞ」

「本家、今や赤目様は天下第一の武士《もののふ》。久慈屋の用事とてままならぬほど人気者にございましてな、あちらからもこちらからも引っ切りなしの誘いばかりです。うちの責任ではありませんよ」

昌右衛門が思わず苦笑いして答えるのへ、喜多造が、

「船を出しますぞ」

と一行に注意し、国三がぺこりと小籐次に頭を下げた。

「国三、浩介さんとおやえどのの祝言が終わったら、われらは芝口新町の長屋に戻る。その折、大番頭どのにお断わりして、二人で話す機会を作ろうと思うが、

いかがかな」

小籐次は本家と分家の主の前でそのことを改めて口にした。国三からは頼みにくいと思ったからだ。

小籐次は、国三が奉公をしくじった因《もと》に二人の付き合いが介在していたと考えていた。国三をあまりにも重宝に使いすぎて、若い国三が奉公の枠を越えてしまったと考えていた。

「はい。本家と久慈屋の許しが出ましたならば、そうさせて頂きます」

とこちらからも落ち着いた返答が戻ってきて、船はゆっくりと湧水池から隅田川へと向きを変えた。


この深夜、赤目小籐次は寝間からそおっと身を起こし、身仕度を始めた。隣室から、

「お出かけにございますか」

とおりょうの声がした。

「起こしてしもうたか」

「りょうは、赤目様のお気持ちならば手にとるように察することができます。や

はり秀次親分がつなぎをつけた南町奉行所の御用を務められるのですね」

小籐次はおりょうに御目付笹野十郎左衛門が持ち込んだ話は告げなかった。余計な心配をさせたくないと思ったからだ。

「川向こうの滝野川村までな、参る。朝までには戻ることができよう」

小籐次が身仕度を整えたとき、寝巻のおりょうが姿を見せて望外川荘の玄関まで見送る様子を見せた。

望外川荘にはどことなく涼しげな風が吹いていた。

「季節はたしかな足取りで移ろうていく」

「はい。日一日と過ぎるたびにりょうと赤目小籐次様の心は深く通いあいます。赤目様、芝にお戻りになるのは致し方ございません。りょうも我慢致します」

小籐次は答える術《すべ》を知らなかった。

「ですが、赤目様がお迷いになるようなとき、窮地に陥られたとき、お戻りになるのはこのりょうの胸の中にございます」

おりょうが小籐次の手をとり、たおやかな胸の膨らみに触らせた。

小籐次の五体を熱い想いが駆け抜けた。

「必ずや」

「ならばおいでなされませ。ご武運をお祈り致します」

「駿太郎を頼む」

　おりょうが小籐次の手を胸から放し、送り出した。

　湧水池の船着場にはすでに小舟が主を待っていた。

　舫い綱をほどく前に小舟に置いていた破《や》れ笠を手にして、竹とんぼが笠に二つ差し込まれているのを確かめた。

　小籐次にとって今や欠かせぬ飛び道具だった。

　笠を被り、顎《あご》の下でしっかりと結んだ。

　腰には脇差長曾禰虎徹があり、手には使いなれた備中次直があった。そして、小籐次の掌《てのひら》はおりょうの胸のふくらみを残していた。

　杭から舫い綱を放して小舟を湧水池に出した。

　月が湧水池に青い光を映していた。

　櫓に替えた小籐次は、須崎村から隅田川へと小舟を滑らせるように移し、舳先を上流へと向けた。

　隅田川左岸が須崎村から寺島村へと変わるところに白鬚《しらひげ》ノ渡しがあった。が、むろん夜中に渡し船の姿があるわけもない。

小籐次は小柄な体を大きく使い、櫓を漕いだ。

隅田川の呼び名が荒川と変わり、千住大橋を潜ると川の両岸から家も消え、畑作地だけが黒く広がっている。さらに荒川がこの界隈では戸田川と変わり、流れが北西から北東へと蛇行した。

小籐次は流れの中央から右岸沿いに小舟を寄せた。

豊島村に入ったところで王子川が戸田川へと流れ込む。

小籐次は蛇が身をうねうねとくねらせるように複雑に曲がりくねった王子川に小舟を入れて、さらに漕ぎ上がった。

王子川は音無川《おとなしがわ》と変わり、行く手に王子権現社の杜《もり》が黒々と見えてきた。小舟は王子権現境内を流れる音無川をさらに遡上《そじょう》し、小籐次は滝不動正受院《しょうじゅいん》の船着場に小舟を寄せた。

刻限は八つ（午前二時）前のことだった。

第三章　旗本狂乱

一

闇の中から影が一つ現れて小籐次を迎えた。

小籐次が小舟を舫って顔を上げると提灯《ちょうちん》が点された。闇に浮かんだ顔は読売屋の空蔵だった。

小籐次は小舟の中からじいっと本名空蔵、ときにほら蔵と呼ばれる読売屋を見た。

「赤目様、そのように嫌な目付きで見ないで下さいな」

「何用か」

「何用かもないものだ。おれはお迎えですよ。滝野川村は広うございますしね、御番組頭佐治様の抱え屋敷はどこかって、王子の狐に訊くわけにもいくまい」

小籐次は無言で空蔵を睨み、懐から京屋喜平の職人頭円太郎が小籐次のために造ってくれた革足袋を取り出すと、履き替えて足元を固めた。

舟の中に用意した貧乏徳利を手にすると口で栓を抜き、一口飲んだ。

「酔いどれ様、おれもお相伴を」

と空蔵が願った。

小籐次は無言で空蔵に貧乏徳利を渡すと、備中次直を手にして小舟から船着場に飛び上がった。

ごくりごくりと喉を鳴らして酒を飲んだ空蔵は、

「ふうっ、喉が渇いていたせいか、殊更酒がうまいや」

と言い、

「読売屋の空蔵め、天下の武芸者赤目小籐次様のご案内仕《つかまつ》ります」

と小籐次におべっかを使うように言うと、片手にぶら提灯、片手に貧乏徳利を提げ、歩き出した。

小籐次は致し方なく空蔵に従った。

「空蔵、だれに頼まれた」

「おや、空蔵と呼び捨てだ。こりゃ酔いどれ様の機嫌が決してよくねえ証《あかし》だな。痩せても枯れてもこの読売屋の空蔵、どなたに頼まれたところで気にいらない読売を書くなんてことは致しませんぜ」

「だれに頼まれ、使いを引き受けたと訊いたのだ」

「言わずもがな、難波橋の親分だよ」

「親分がそなたに使いを頼んだとな」

「へえ。なにしろこたびのことは御番組頭佐治様のお召し捕りだろ。読売屋の空蔵が見落とすわけにはいかねえ大ネタなんでございますよ」

「だれがそなたにこの話を洩らした」

「だれも」

「だれも洩らさずそなたが知っておるとはどういうことか」

「そろそろ機嫌を直してくれねえかね、酔いどれ様よ」

「問いに答えよ」

「いえね、たまさか南町の近藤精兵衛様と難波橋の親分が御用船に乗って大川を上っていくのを新大橋の上から見たんだよ。そんときの近藤様の顔付きが険しかった。おれはね、赤目様が駿太郎ちゃんの風邪の養生に望外川荘に逗留していることを小耳にはさんでいたから、ぴーんときたんだ。二人はなにか赤目小籐次様に助けを求めて須崎村に行ったとね。そこでさ、この空蔵、秀次親分の動きをぴたりと見張っていたと思し召せ。すると南町ばかりか御城のお偉いさんも動いておられる気配もする。そのうち、なんと佐治義左衛門様が一族郎党を率いて、抱え屋敷に立て籠った話がどこからともなく伝わったってわけでね」

「秀次親分はそなたが張り付いていることに気付かなかったのか」

「それが見張りを始めてよ、すぐに気付かれた」

「親分はそなたが張り付くことを許されたのか」

「親分だって、おれがこれといった話には、すっぽんみたいに食らいついて放さないことを承知だからね。読売を書くのは奉行所の許しが出たときだって、近藤様に許しを得てくれたんだよ。だから、へえ、ただ今のおれは読売屋の空蔵ではなくて、南町奉行所のお手先の一人と思うて下さいな、ねえ、酔いどれ様よ」

空蔵は話しながらも真っ暗な畑の間の野良道を歩いていく。

小籐次は、

(案内人がなくばとても佐治の抱え屋敷など見つけられないな)

と空蔵の道案内を密かに感謝した。

だが、口調を変える気はない。

「酔いどれ様、こりゃ一大事だよ。なんたって大身《たいしん》旗本が抱え屋敷に一族郎党を引き連れて立て籠ろうという話だ。これはね、元禄の赤穂浪士吉良邸討ち入り以来の大騒動に間違いねえや。いや、そうではないな、そのあとに赤目様が引き起こした御鑓拝借、大名四家を向こうに回しての大立ち回りがあったな。その武勇の士がかく読売屋の空蔵の案内で戦いの地に向う、なんともわくわくする話じゃねえか」

と空蔵が小籐次に追従《ついしょう》を言った。

「空蔵、佐治どのは本心から公儀に楯突《たてつ》く気か」

「もちろんだ。だって、すでに御目付配下の二人を斬り殺して、門前に投げ出し、滝野川に退転したんだぜ。あとは捕り方と一戦を交えて、華々しく散るつもりだろうな」

空蔵が読売屋の勘ではっきりと言い切った。

「一族郎党もその気か」

「と思うがね、本心は正直分りませんや。だって、家来衆はふだんから酒に狂った主に殴る蹴《け》るの乱暴を受けていたんだぜ。正直、主が一人で自滅してくれねえかと考えているかもしれねえ。なにしろ抱え屋敷の防備は固くて、中の様子は分らん。ありゃ、まるで戦国時代の籠城だね」

小籐次は空蔵に自由に喋らせておいた。

「まずさ、抱え屋敷は敷地七、八百坪で、そう広くはない。音無川に流れ込む支流に南と東を接して自然の堀となし、西と北側はその流れをぐるりと引き回して、狭いところで幅二間の堀と流れで守られていてね、敷地に侵入するには西側の刎《は》ね橋を渡るしかない。そいつを上げているんで、簡単には屋敷の中に入り込めないってわけなんだよ。ともかく平地だが、自然の地形をなんともうまく利用した抱え屋敷だね」

「驚いたな」

「だろう。赤目小籐次様とて攻めるにそう簡単な屋敷ではございませんよ。その上だ、籠城戦に備えて、数カ月分の食べ物やら飲み水、それに味噌に油、槍《やり》、弓に鉄砲と、それなりに貯蔵してあるという、屋敷に雇われた作男の話だ」

「空蔵どの」

「おや、空蔵の呼び捨てからどのがついたぞ。どうやら機嫌が直ったらしいな。なんでございますな、酔いどれ様」

「江戸を退転するとき、隣屋敷の板倉家のお女中を人質に連れていったというが、その防備の固い抱え屋敷に連れ込んだか」

「ああ。お杉様という老女と若い女中を二人、連れ込んでおるそうな」

「厄介じゃな」

「へえ、厄介極まりない話だよ」

「幕府の役人衆の対応はどうだ」

「それがさ、旗本御家人の監督糾弾が役目の御目付笹野十郎左衛門様が総指揮をとり、およそ三十人の配下と町奉行所の与力同心が十五、六人ほどで抱え屋敷を取り囲んでいますぜ」

「佐治の手勢は何人というたな」

小籐次は重ねて確かめた。

「二十七、八人ではないかな。厩《うまや》に三頭の馬が飼われているのは確かなようだ」

と空蔵が言った。

「準備万端の籠城組を寄せ集めの五十人足らずで攻めるというのか」

空蔵の足が不意に止まった。

ぶら提灯の灯りが空蔵の顔を下から点して浮かびあがらせた。

空蔵がひらひらと手を横に振った。

「なんの真似じゃ」

「笹野様は必死の形相《ぎょうそう》だがな、配下の方々は刀を抜いて戦う気などさらさらございませんので」

「どうする気じゃ」

「どこから洩れたか、援軍に赤目小籐次様が駆け付けられると知って、酔いどれ様に先陣を務めてもらい、自分たちは最後のおいしい場面に登場しようと呑気に考えているんだよ」

「なんじゃと」

「酔いどれ様、怒る相手はおれじゃねえ。意気地《いくじ》のない御目付衆だ。町奉行所はこの際、御目付の助勢だからね、御目付が動かなきゃあ、いくらなんでも戦仕度の佐治屋敷に突っ込むつもりはねえ。だれもが酔いどれ小籐次様頼み、その登場を今や遅しと待ちかまえているんですよ」

「なんということじゃ」

「へえ、まったくそのとおりでさ」

「朝までには決着がつくと思うて望外川荘を出てきたが、とても無理な話じゃな」

「失礼ながら天下の赤目様に申し上げますぜ、ああしっかりと籠城戦を覚悟した相手を戦う気持ちに欠けた連中で簡単に制圧できるもんかね」

「無理じゃな」

「何度も言うが、捕り方の頼みは酔いどれ小籐次様ただ一人」

「わしはそのような頼みを受けたわけではない」

「とは申せ、この期《ご》に及んで赤目小籐次様に引き下がられては、この読売屋の空蔵、大変困る」

「空蔵、そなたの商売などどうでもよいわ」

「おや、また空蔵の呼び捨てに戻ったぞ。なにがお困りですかえ」

「久慈屋のおやえどのと浩介さんの祝言が三日後に迫っておる。こたびばかりはこちらの都合で延期もさせられぬ。それまでには決着をつけぬと、わしはおりょう様にも久慈屋にも合わせる顔がない。これまでの温情を考えるとそれはできぬ」

「それはお困りでございますな」

「他人事《ひとごと》のように申すな」

畑作地の向こうに篝火《かがりび》か、赤々と天を焦がしていた。

「あれが佐治の抱え屋敷か」

篝火の手前に雑木林があるのか、黒々とした大木の影が並んで見えた。

「ああ、籠城組と捕り方組が燃やす篝火だよ」

小籐次はこの篝火を見て、長期戦になるなと改めて思い知らされた。

「赤目様、このまま睨み合いが続けば三日や四日、直《す》ぐに過ぎるぞ。かといって捕り方には踏み込む気持ちも態勢もさらさらねえ」

「どうしたものか」

「この空蔵が思案致しましょうか」

「どうする気か」

「世間はこのことを知らねえや。それをよいことに公儀は知らぬふりだ。そこで滝野川の籠城騒ぎを読売で伝えるのさ」

「秀次親分から待ったがかかっておるのではないか」

「だから、町奉行所のことは一切触れない。庭瀬藩板倉家の老女と女中の三人が滝野川の某旗本屋敷に拉致《らち》されたと、おれとは競争相手の読売屋に流して世間に伝えるんだよ」

「そなたはそれで困らぬか」

「ともかくおれはこの滝野川から、秀次親分のそばから一歩も動かねえ。最前も言ったが、仲間に書かせる。おれは確かに許しがあるまでと筆を止められているし、また滝野川から動かねえ。つまりおれが書いたわけではない。仲間が書くことまで奉行所も止められねえや。このネタの出所《でどころ》はあくまで庭瀬藩板倉家の周辺からと匂わせる」

「読売が出るとどうなる」

「そりゃもう、尻を叩かれた御目付衆は動かざるを得まい」

「突っ込むか」

「さんざん佐治一族に叩かれるだろうな。まあ、こりゃ前哨戦《ぜんしょうせん》だな、この程度の痛みは我慢してもらわないと。なんのために徳川家から禄《ろく》を頂戴しているのか分らせるんだよ」

「わしはどうなる」

「真打ちは最後と決まっておりますよ」

「ほお」

「これからおれだけがあの場に戻り、赤目小籐次様は来られませんでしたと秀次親分と近藤の旦那に伝える」

「となれば望外川荘に使いが立ち、新たに催促がこよう」

「だから、赤目様は須崎村に戻ってはならねえ。この界隈に潜んで事が動くのを待てばよい。その時がきたら、おれがお知らせしますよ」

空蔵が読売を書く要領で、佐治義左衛門と一族郎党の反乱鎮圧の展開の絵図を小籐次に告げた。

「わしの出番はいつになる」

「そうだな。まる一日後の明日の未明と空蔵は見た」

「よし、ならば祝言に間に合うな。それに乗ろう」

「赤目様、どこにおられる」

「そなたと別れたあと、あの林に参り、遠目に佐治屋敷の様子を見て、正受院前に止めた小舟に戻る。佐治屋敷は音無川に流れ込む支流のそばにあるというたな」

「へえ」

「ならばわが小舟をその岸辺の葦原《あしはら》に繋《つな》いで、わしの隠れ家といたそうか」

「おれが赤目様を見つける目印を立てておくんなせえ」

「土手に竹竿を立て、その先に風車を付けておく。その近くにわしの塒《ねぐら》があるということだ」

「分った」

と張り切った空蔵と小籐次は畑作地の野良道の辻《つじ》で別れ、小籐次は天を焦がす篝火が見える林へと足を向けた。

赤々と燃える篝火と小籐次が潜む林の間には一丁ほどの畑が広がっていた。

小籐次は欅の大木に枝を利用してよじ登り、佐治屋敷を眺めた。

空蔵が告げたより佐治屋敷の防備は堅固にできていた。まず敷地の四隅に火の見櫓《やぐら》のような見張り所があって、接近する者をすべて見張っていた。さらにその見張り所には鉄砲、弓の飛び道具が用意され、射手や鉄砲隊が配置されていた。

母屋《おもや》は庭に設けられた石垣の壁に守られ、堀を越えて侵入してきた捕り方が容易には母屋に辿《たど》りつけない仕組みになっていた。

母屋は鉤《かぎ》の手の造りで茅葺《かやぶ》き屋根には望楼があり、ここからも飛び道具で狙えるようになっていた。

一方、建物には厚板の雨戸が建て回され、容易に侵入できない防備ができていた。

小籐次は佐治一族の人数を数えた。

建物の外に待機する者だけで二十人近くいることが分った。閉め切られた母屋にどれほどの人数が控えているか、分らなかった。

小籐次は板倉家の老女らが監禁されている場所が母屋か外蔵か、目を凝らして長いこと観察した。

その結果、外蔵の一棟に時折見張りが近寄るのを見て、

「あの蔵じゃな」

と推測をつけた。

時が流れて、佐治一族と捕り方とは一段と膠着《こうちやく》状態に入り、持久戦に移っていった。

小籐次のところからは捕り方の動きは全く見えなかった。

刎ね橋の前に捕り方の〝本陣〟があると思えたが、佐治屋敷に隠れて窺うことはできなかった。

小籐次は欅の木を下りると戦いの場を後にした。

東の空がかすかに白んできた。

空蔵の提灯を頼りにどう歩いたか、滝野川村の様子は分らなかった。

だが、空が白み始め、音無川の流れと飛鳥山《あすかやま》と王子権現の杜《もり》の見当がついたので、小籐次は難なく正受院前に止めた小舟に戻ってくることができた。

小舟を出して王子権現の門前町を流れる小川まで漕ぎ入れ、その岸辺に繋ぎ止めた。

舟底に転がっていた竹で風車を作りながら時を過ごした。

夏の光が差してきたところで小舟を木陰に移動させて眠りに就いた。

次に起きたとき、蟬が鳴いていた。昼間の刻限であった。

小籐次は門前町で食べ物、飲み物などを購い、音無川に戻ると、飛鳥山の崕《がけ》雪頽《なだれ》の窪地《くぼち》を流れてくる小川に小舟を入れ、佐治家の抱え屋敷近くまで遡《さかのぼ》った。

遠くに佐治屋敷が望める流れの中に見つけた葦原に小舟を入れて隠すと、小籐次は風車を竹竿の先端に付けて土手に立て、空蔵との約束の目印にした。

小籐次と空蔵が別れた翌朝、須崎村の望外川荘の船着場に南町奉行所の御用船が姿を見せて、定廻り同心の近藤精兵衛と秀次親分がなぜか読売屋の空蔵を伴い、柴折戸を潜った。

二

おりょうは駿太郎と朝餉を終えたところで、縁側から三人が姿を見せたのを見て不吉な予感に見舞われた。だが、顔は平静を保ち、三人を迎えると、

「赤目小籐次様になにごとかございましたか」

と冷静な口調で尋ねた。

先手を取られた感のある秀次が、

「えっ」

と驚きの声を洩らし、

「赤目様はこちらにいらっしゃらないんで」

と読売屋の空蔵が質した。

「親分どの、空蔵どの、赤目様は親分さん方との約定どおりに深夜に小舟で出立《しゅったつ》

なされましたが」

「赤目様がお出かけになったですって。おりょう様、参られた先はご存じですかえ」

「川向こうの滝野川村まで参られると。そして、必ず朝までには戻るとだけ仰いました。なにがございましたので」

ふうっ、と吐息を洩らした秀次が、

「約定の場においでにならねえのでございますよ」

「赤目様にかぎって約定を守られないことなどございましょうか」

「こいつはおかしいや」

秀次が洩らし、空蔵を見た。

空蔵が顔の前でひらひらと手を振って、

「おりょう様、親分方の命でおれも約束の場所に参りましたがね、待てど暮らせど現れねえ。ひょっとしたら道中でなにごとかあったかと、ただ今も音無川端の正受院に立ち寄ってきました。だが、赤目様はおられませんし、小舟も見かけませんでした。へえ」

と説明した。

「それはなんとも奇妙な話にございますね」

おりょうが呟き、沈思したあと、

「約定の地に約束の刻限に姿を見せられないということは、赤目様の判断で独自の行動をなされておられるのでしょうか」

「望外川荘にはお戻りでないのでございますね」

と秀次が念を押した。

「ご覧のとおり、どこにもおられません。百助に訊いてみましょうか」

「おりょう様の言葉を疑うわけではございませんが、百助さんに尋ねてようございますか」

秀次が丁寧な口調で言うところに、折よく箒《ほうき》を手にした百助が庭に姿を見せた。

「おお、ちょうどよかった。百助さんや、赤目様がおまえさんの小屋におられないかい」

「昨夜、出かけられたと、おりょう様に聞きましたがな、行き違いましたか」

難波橋の秀次親分が近藤精兵衛の顔を見た。

「いかにも赤目小籐次様は約定をたがえるようなご仁ではない。となると理由《わけ》あってわれらのところに姿を見せられないか、滝野川村の様子をどこぞで密かに見ておられるか」

「滝野川村といっても広うございますよ。赤目様は佐治屋敷がどこにあるかご存じありませんぜ、旦那」

「秀次、あれだけの騒ぎだ。赤目様ならばすぐに見つけられよう。そうだとしたら、佐治屋敷を望めるどこぞに潜んで動きを見ておられるのだ」

と近藤精兵衛が秀次に向って願望の言葉を呟き、

「おりょう様、失礼を致しました。われら、あちらにて赤目様の現れるのを待ちます」

と詫びると、

「難波橋、戻ろう」

と急ぎ、望外川荘の船着場に向った。

御用船に乗り込んだとき、不意に近藤が空蔵を睨んで、

「読売屋、なんぞ細工をしたのではなかろうな」

と尋ねたものだ。

「滅相もございませんよ。近藤の旦那、細工とはどのようなことにございますか」

「赤目様に昨夜会うた上で話し合い、なにごとか企《たくら》んだ」

空蔵は定廻り同心の洞察力に驚かされたが、そこは老練な古狸《ふるだぬき》だ。

「近藤様、赤目小籐次というご仁、わっし風情《ふぜい》がなにか申し上げたところでお取り上げになる人物ではございませんよ」

近藤精兵衛はそれでもじっと空蔵を見ていたが、

「虚言を弄《ろう》するでないぞ」

とさらに念を押した。

「近藤の旦那、こいつはね、赤目様になにか考えがあっての行動ですって。出番が来れば必ずや姿を見せられますよ」

「いや、それにしてもじゃ、おりょう様には朝までには戻ると言い残したそうな。なにかがおかしい」

近藤精兵衛は呟いたが、それ以上のことは口にしなかった。

御用船が湧水池から隅田川に向けて出ようとしたとき、

「近藤様、念には念を入れて芝口新町の長屋を確かめますかえ。ついでだ、久慈屋にも問い合わせてみませんか」

「昼間、滝野川に変化があるとも思えぬ。よし、芝に立ち寄っていくか」

と船頭に隅田川を下るように命じた。

四半刻後、芝口新町の堀留に御用船が入っていくと、手持ち無沙汰の体《てい》の勝五郎が厠《かわや》から姿を見せて、

「なんだい、南町の旦那と難波橋の親分、それに読売屋の空蔵さんたあ、まあ反りが合わないというか立場が違うというか、犬猿の仲のはずだ。それが呉越同舟、どういう風の吹き回しだ」

と問いかけた。

「勝五郎さんよ、酔いどれ様は長屋に戻っておられないかえ」

「おや、おまえさん方、知らなかったのか。ここんところ、酔いどれの旦那はよ、貧乏長屋には住み飽きた、わしは須崎村の望外川荘に行くわいな、と駿太郎ちゃんを連れて出かけたまま、貧乏人のわっしらはお見かぎりだ」

「やっぱりいないか」

「いないね」

「勝五郎さん、ちらりとでも戻った気配もないか」

「九尺二間の長屋の薄い壁だ。戻ったらすぐに気付くよ、親分」

「だろうな」

「それより空蔵さんよ、南町の下働きなんぞをして商売替えか。こっちは明日の米も尽きようって苦境だぜ。なにか仕事をこっちに一、二本回してくんないかえ」

「だから、こうして南町にへばり付いているんじゃないか。ところが肝心の酔いどれ小籐次様が雲隠れだよ」

「酔いどれの旦那は南町の手先じゃねえ、御用のお先棒をかついだところで、一文にもならねえからね。逃げ出す気持ちは分るがよ、うちの米櫃《こめびつ》がどんな按配か、酔いどれの旦那に告げてくんな」

近藤精兵衛が御用船の船頭に顎の動きで堀に戻るように命じた。

久慈屋の船着場に御用船が接近したとき、芝口橋で読売の売り子が大声を張り上げるのへ往来する人々が群がっていた。

「さあて、皆の衆、えらい騒ぎが起こったよ。直参旗本御番組頭の佐治義左衛門様は日頃から酒癖が宜しゅうなくてよ、芳《かんば》しからぬ評判のお旗本だ。このお方が屋敷を訪ねてきた御目付の使者二人を斬り殺して、なんでも江戸外れの抱え屋敷に一族郎党を率いて立て籠り、お上と一戦を辞さない構えじゃそうな。どえらい騒ぎだよ。赤穂浪士の吉良邸討ち入りか、赤目小籐次様が小金井橋において能見一族十三人と対決した、小金井橋十三人斬り以来の大騒動が起こったぜ。さあさ、詳しい話はこの江戸読《えどよみ》を買ったり買ったり。どこの読売にも載ってねえ話だよ」

江戸読は、江戸読み物が正式な読売の名だ。

「た、大変だ。先を越されたよ」

と空蔵が悲鳴を上げた。

「秀次、どこから洩れた」

近藤精兵衛の問いに秀次が空蔵を睨んだ。

「お、親分、馬鹿言っちゃいけねえよ。わっしはずっと昨日から親分方にへばりついているんだ。どこでどう読売が書けるってんだ。だいいち、うちの読売とは違うよ。うちの競争相手の江戸読だぜ」

と空蔵が応じて、

「おーい、江戸読の三ノ字よ。一枚、おめえの読売をくれねえかえ」

と船の上から橋に向って叫んだ。

振り返った江戸読み物の三五郎が、

「おや、読売屋のほら蔵さんか。なんだえ、南町の御用船なんぞに乗って、市中見回りか。うちの読売が欲しいってか。知らぬ仲ではなし、ほれ、受け取りな」

と一枚の読売を落とした。

ひらひらと風に舞う読売を秀次が摑み、近藤精兵衛に差し出した。そして、傍らから読売を覗き込んで、読み始めた。

「三ノ字、悔しいが先を越された。このネタの出どこはどこだ」

「ほら蔵さんよ、読売屋には読売屋の仁義があろうってもんじゃねえか。ネタ元は明かさない、これが肝心なところだよ。古狸のおまえさんが知らないのかえ」

「三ノ字、訊くのはおれじゃないよ。南町定廻り同心の近藤精兵衛様だ。いや、きっとそう望まれるだろうよ。大番屋に引き立てられて白状するか」

「じょ、冗談はよしてくんな。ただで読売までやってよ、大番屋に引き立てられてたまるか」

「ならば洩らしたほうがいいと思うな」

とぼけまくった空蔵が橋の上の三五郎を仰いだ。

近藤精兵衛も読売を速読して上を見上げた。

「だ、旦那、佐治屋敷の界隈から洩れた話だよ、それ以上のことはおれも知らないよ」

と答えると踏み台から飛び降りて、さあっ、と人込みに消えた。

「三五郎の口上以上のことは書いてございませんね」

秀次がほっとした顔付きで旦那を見た。

「だが、三河以来の譜代の旗本が一族郎党を率い、抱え屋敷に立て籠ったことが知れた。御城では黙っておられまいな」

芝口橋の人だかりが消えて、いつもの橋の風景に戻った。

「近藤様、難波橋の親分」

船着場から声がした。振り向くまでもなく久慈屋の大番頭の観右衛門だった。

「どえらいことが起こりましたな」

「大番頭さん、赤目様が久慈屋におられませぬか」

「親分、赤目様は須崎村ですよ」

「望外川荘にも長屋にも姿がねえんで」

「それはお困りで」

とこちらも町方二人に、

「赤目様は南町の手先ではございません。そう騒ぎのたびにただ働きすることはございません」

と忠言したことなどけろりと忘れた体で答えたものだ。そして、船着場に寄せられた御用船に寄ってきた。

「江戸読は佐治屋敷がどこにあるか突きとめておらぬようですが、滝野川村に赤目様はおられぬので」

と声を潜めて尋ねた。

「昨夜のうちにわっしらと合流するはずでござんした。それが空蔵さんを迎えに出したが、姿を現さなかった」

「そいつはおかしゅうございますね」

観右衛門が空蔵を見た。

「なにかというとおれを疑惑の目で睨まれますが、おれはなにも知りませんよ。大番頭さん、ただ今の三五郎の勝ち誇った言葉を聞いたでしょうが。うちは南町にへばり付いていながら、江戸読に出し抜かれて泣きっ面に蜂だ」

と空蔵がぼやいてみせた。

「秀次、なにがあってもいかぬ。滝野川村に戻ろうか」

近藤精兵衛が命じた。そこへ観右衛門が、

「うちは老女様方を拉致された備中庭瀬藩板倉家には出入りがございましてな、

こたびの一件、えらく怒っておられるそうな。最前の江戸読の三五郎が話したネタ元はさもありなんでございますよ」

と追い打ちをかけるように言った。

「久慈屋は諸大名、大身旗本家に出入りを許されておる。こたびの一件、どう展開すると見るな」

と南町奉行所の定廻り同心が話柄を変えて尋ねた。

「私は久慈屋の一介の奉公人にございますよ。さしたるお答えなどできそうにございません」

「町方のわれらより御城の内情に通じておろうが」

「この江戸読は大したことは書いてございません。されど、佐治様が一族郎党を率いて抱え屋敷に立て籠ったことを世間に知らしめた。公儀としても手を拱いていることはできますまい」

「大番頭さん、相手方は用意周到で、こっちの出方を窺っているんだぜ。旗本を監督する御目付としても、そう軽々に手が出せない。そこで赤目小籐次様のご出馬を願ったんだがね」

「逃げられましたか」

「大番頭さん、やっぱり逃げられたかねえ。わっしは様子を窺っておられるような気もしますがね」

と空蔵が口を挟んだ。

「なんでも知ってる空蔵さんがそう言うのなら、いかにもさようでしょうな。たしかに赤目小籐次様が、入魂の付き合いの南町の頼みをないがしろになさるわけもない」

「よし、久慈屋の大番頭どのの推量をあてに戻ろうか」

「近藤様、御城からの使いが滝野川に到着するのが早いか、赤目小籐次様とそなた様方が会うのが早いか、それによっては騒ぎが何倍にも膨れ上がりましょうな」

観右衛門の言葉を聞いた近藤精兵衛が、

「船頭、急ぎ戻る」

と命じて御用船が舳先の向きを変え、築地川から江戸の内海に向っていった。

近藤精兵衛の御用船が正受院の門前の船着場に戻ったのは昼過ぎの刻限だった。

三人は辺りを見回し、小籐次の持ち舟がないことを確かめ、滝野川村の佐治屋敷に急いだ。その途中から畑作地に里人らの姿があって、佐治屋敷の方角を睨んでいた。

「なにがあったんで」

と空蔵が担ぎ商いに訊いた。

「なにがあったって大騒ぎだ。佐治様のお屋敷に御目付衆が刎ね橋を下ろせ、御目付のお調べであると声を掛け、佐治様では刎ね橋を下ろしたそうな。そこまではなんのこともなかったそうだがよ、捕り方の半数が橋を渡り終えたところで、刎ね橋が上げられてよ、中に入った捕り方に鉄砲やら矢が飛んできて、さんざんな目に遭って逃げまどい、再び下ろされた橋を使って這《ほ》う這《ほ》うの体で逃げ出してきたというぜ。捕り方もなんともだらしねえやな」

「死人、怪我人は出たのかね」

「そりゃ、鉄砲の音が結構激しくここまでも聞こえたもの、死人が出ても不思議じゃないな」

と商人が答えた。

「急ごう」

近藤精兵衛が秀次に言いかけ、佐治屋敷の刎ね橋の前の、百姓家を接収した

〝本陣〟の長屋門に辿りついた。

三人の姿を見た南町奉行所与力の五味達蔵が、

「遅かったではないか。赤目小籐次どのは見つかったか」

「五味様、望外川荘にも芝口新町の長屋にも久慈屋にもおりませぬ」

と言いながら近藤が江戸読を上役に広げてみせた。

「ふーむ、御城からやいのやいのと攻めを急がされたのはこのせいか。攻め方は最初から腰が引けておったところを、屋敷の中に入れられて飛び道具でさんざんな目に遭わされ、退却させられた」

「死人は出ましたので」

「三人が鉄砲玉を食らって亡くなり、怪我人は十数人に及ぶ。ただ今、江戸に助勢を求めておるところだ」

と答えた五味が、

「赤目小籐次どのがおればな」

「五味様、赤目様はこの界隈で佐治屋敷の様子を窺っておられます」

「仕掛ける時機を待っておるというか」

「まず間違いないところ」

「その時機は」

「噂によりますと、赤目様には先延ばしにできない事情がございましてな、日頃世話になる久慈屋の娘の祝言が迫っておりますので、まず今宵かと思います」

「陣頭指揮を取られる御目付笹野十郎左衛門様にその旨伝えて参ろう」

と五味が長屋門から怪我人の治療が行われている母屋に向った。

三

読売屋の空蔵は、石神井川が音無川と名を変える辺りへと流れ込む細流との合流部から、土手道を小籐次の目印である風車を探して歩き始めた。

近藤精兵衛に言われるまでもなく、そろそろ小籐次の出番があってもいいと考えたからだ。

幕府は、空蔵の競争相手の江戸読に佐治一族の反乱を書かれたことで、御目付衆に助勢を送り込み、

「今宵じゅうの決着」

を命じていた。

ために佐治一族が立て籠った抱え屋敷が滝野川村と知れ、やじ馬が集まり始めて、緊張とも不穏ともつかぬ空気が漂い始めていた。

そこでなんとかこたびの戦いの主役の赤目小籐次に会い、決着をつけるべく尻を叩こうと思っての行動だった。

この名もなき流れは、滝野川村の南東に接する西ケ原村から流れ出す全長半里にも満たない川だった。だが水量は豊かで、小さな百姓舟なら水源近くまで往来ができた。

川の両岸の葦が茂った土手に目を凝らしたが、風車は見当たらなかった。

合流部からほぼ南に十丁ほど上がると流れが緩やかに蛇行し、その内側に佐治一族が籠城する屋敷が見えた。

屋敷下の流れには佐治一族も捕り方衆も、むろんやじ馬の姿も見当たらない。

土手は佐治屋敷から一望され、矢や鉄砲で撃たれることも考えられた。

「赤目様、闇にまぎれて上流に小舟を漕ぎ上げたかな」

と頭を捻った空蔵は、佐治屋敷を大きく迂回《うかい》してさらに上流へと赤目小籐次を探して歩いた。

このままでは敵の江戸読に塩を送っただけで、空蔵の読売は貧乏くじを引くことになる。

（どこに隠れているんだよ、酔いどれ様）

流れはついに小舟さえ上がれない水量になり、底が見えた。水源はすぐそこで畑作地の間から水が湧き出していた。

（こりゃ、ほんとにやばい）

見落としはないか、目を凝らして下流へと下った。が、やはり土手に風車はなかった。そこで空蔵は石神井川から音無川一帯に探索の場所を変えて小籐次の小舟を探して歩いたが、徒労に終わった。

「くっ、難波橋の親分に怒鳴られそうだ」

と汗の流れる首筋を、
ぽりぽり
と掻いたが、いい思案は浮かばなかった。

「おーい、ほら蔵さんよ、いいネタはないかね」

江戸読の右吉が、矢立ての墨壺《すみつぼ》に筆先を付けてなにかを書く体勢で訊いた。右吉は正受院の山門の石段に腰かけて仕事をしていた。

「ちゃんと流してやったろう」

「だが、それはほら蔵さんのほうに魂胆があってのことだろうがな。佐治一族の反乱はこれからが正念場だ。おめえは一体全体、なにを考えているんだ」

「おれがあのネタを書くべきだったな。今のままなら味噌っかすだ」

「おめえが頼りのあのお方はどうした」

「あのお方ってだれだ」

「とぼけるんじゃないよ。酔いどれ小籐次様を頼りにしているんだろう。望外川荘から滝野川まで引き出したか」

「へえっ、この空蔵はな、他人様《ひとさま》をあてになんかしない読売屋だよ。酔いどれ様がどうしておられるかなんて知るかえ」

と吐き捨てた空蔵に、

「おかしい」

と競争相手が言った。

「そろそろ夏の日が暮れる。そうなりゃ、捕り方だって突っ込まなけりゃなるめえ。上のほうから尻を叩かれて江戸から出てきたんだからな。だけど佐治一族だって黙っちゃいないぜ。双方に怪我人が続出する。こいつはよ、老中方も望んでおられまい。この佐治の動きを殊《こと》の外《ほか》、気にかけておられるのは青山忠裕様だ。

このお方は酔いどれ様と親しいって評判のお方だ。そうだったよな、ほら蔵さんよ。望外川荘の新春歌会の折も老中おん自ら北村おりょう様を訪ねたと、おめえさんの読売で読ませてもらったよ。ありゃ、赤目様の手引きだ、間違いねえ。このたびのことだがよ、下手すりゃ、老中青山様の首だって危ないぜ。どうするね、ほら蔵さん」

「くそっ、肝心の赤目小籐次様の姿がねえんだよ」

「なに、酔いどれ様に逃げられたって、こりゃ面白いや。となりゃ、読売屋の腕勝負、五分と五分の真っ向勝負だな、ほら蔵さんよ」

と右吉が筆先を舐めた。

「勝手にしろ」

と吐き捨てた空蔵は、見落としがなかったか、再び佐治屋敷の下を流れる小川に戻り、風車を探して歩いた。

日がだんだんと沈み、

ことん

と音を立てたように宵闇が訪れて、捕り方、籠城組の篝火が勢いを増した。

だが、どこにも小籐次が約束した目印を見つけることはできなかった。

「わあっ！」

というやじ馬の歓声が刎ね橋前から上がった。

捕り方の役人衆が刎ね橋前に竹束《たけたば》の矢弾《やだま》よけを押し転がして前進したために、やじ馬が歓声を上げたのだ。

（まだ戦いには早いや）

と空蔵は思ったが、肝心かなめの主役が見つからない。

「酔いどれ様よ、どこにいるんだよ」

と嘆いた空蔵は再び水源を目指して歩き出した。

小籐次は、佐治屋敷と捕り方が焚く篝火の灯りがかろうじて届く葦原に小舟を突っ込んで眠り込んでいた。だが、蚊がぶーんと飛ぶ羽音に目を覚ました。すると小舟が揺れ、舳先に立てた竹竿の風車が、
ことりことり
と二、三度回り、停止した。
数刻前、小籐次は一旦土手に立てた風車を引き下ろした。

佐治一族の立て籠りが江戸に知られ、やじ馬も捕り方も増えて一段と不穏な情勢になり、読売屋の空蔵をかまうどころではなくなったからだ。

隠密に行動しなければ、庭瀬藩板倉家の老女らの命が危ない。なんの罪科《つみとが》もない三人を危険に曝《さら》すわけにはいかないと考えた末に、独り行動することに考えを変え、風車を下ろしたのだ。

（まだ戦いの機熟さず）

と考えた小籐次は貧乏徳利に残った酒を一口、二口飲んで、

ふうっ

と息を吐いた。そして、

（もうひと眠り）

とごろりと小舟の中に身を横たえ、直ぐに鼾《いびき》を搔き始めた。

・

次に小籐次が目を覚ましたのは夜半九つ（午前零時）の頃合いだった。

辺りは森閑として騒ぎなどないように思えた。

だが、緊張が高まり、捕り方、籠城組、やじ馬とだれもがその時を待って無言を貫いた結果の静寂と知れた。

（さて、どこから忍び込むか）

小籐次はこの一日思案した考えを検討した。そして、一つの考えに絞った。用意していた握り飯を残った酒で流し込むと、葦原から小舟を出す前に葦の茎で作った即席行灯に仰願寺蠟燭を立てて、火打ち石で灯りを点した。

小舟を葦原から出して流れに乗せると、小籐次はぽーんと舟を蹴って土手に飛び、屋敷の南西側に回った。こちら側は籠城組の手勢も捕り方の数も少なかった。忍び込むとしたらここしかないと小籐次は考えていた。だが、佐治屋敷の櫓から丸見えだ。

流れのほうから静寂を破って、声が響いた。

「なんだい、あの舟はよ」

「人が乗ってねえぜ」

「だが、行灯が点されてらあ」

「舳先で風車も回っているな」

というやじ馬の会話を聞きつけたのは読売屋の空蔵だ。

「ちょ、ちょいと前に出させておくんなさいよ」

やじ馬を分けた空蔵の目に赤目小籐次の小舟がゆらりゆらりと流れて、佐治屋敷の高塀下へと向っていくのが見えた。

だが、小籐次の姿はなかった。

「やっぱりこの界隈にいなさったぜ」

空蔵は少しだけ元気が蘇《よみがえ》った。

流れに乗った小舟が佐治屋敷の下に差し掛かると、籠城組も捕り方もこの灯りを点した小舟に注意を向けた。籠城組の中にはわざわざ持ち場を離れて、小舟を見物する者もいた。

遠くからその気配を感じとった小籐次が佐治屋敷の塀に向って走り出そうとしたとき、

「赤目小籐次様」

と女の声が制止した。

「ここが手薄なのは見かけだけですよ。壁の内側に鉄砲隊が隠れていますのさ」

と小籐次に教えたのは、老中青山忠裕の子飼いの密偵おしんだ。

「おや、おしんさんか、親切にどうも。そなたが姿を見せたということは、近くに中田新八どののもおられるのか」

「いかにもさようです。こちらへどうぞ」

おしんがさらに屋敷の南東側へと回り込んだ。

昨夜、小籐次が欅の大木に登り、佐治屋敷の様子を窺った雑木林が黒々と見えた。

おしんが小籐次を案内したのは佐治屋敷の外に広がる畑作地の一角で、野地蔵が安置された堂があった。

「この界隈は強盗《がんどう》提灯の灯りが時折照らされますので、気を付けねばなりません」

おしんの言葉に地蔵堂の陰から中田新八が腰を屈めて姿を見せた。

「赤目様、ご苦労にございますな」

「一人働きかと思うたが、強い援軍が現れた」

小籐次はほっと安堵の声を洩らした。

「赤目様、手立てはございますので」

「まず板倉家の拉致された老女ら三人を助け出そう」

「外蔵の一つに監禁されていると見ましたが」

「それがしもそう見た。まず三人を助け出して安全な場所に隠し、佐治義左衛門を斃す。一族郎党の始末は捕り方に任せようか」

「ならば赤目様の行灯舟に注意が集まっている間に忍び込みましょうか。塀下まで行けば、穴が掘ってございます」

「さすがはおしんさんと新八どのじゃな」

「塀の内側を見張りが強盗提灯を照らして往来します、その間に一気に塀に潜り込みますぞ」

「心得た」

三人は強盗提灯の強い光が地蔵堂を照らしつけて移動していくのと同時に塀下の穴に向って走り寄った。なんとか三人が塀下の暗がりに転がりこんだとき、再び強盗提灯の光が戻ってきた。

「赤目様、ほれ、ここが佐治屋敷への出入り口ですよ」

おしんが枯れ枝をどけると塀下に径二尺ほどの竪穴《たてあな》が開けられていた。が、竪穴は精々三尺の深さでそこから横穴が佐治屋敷に延びていた。

「私がまず先に」

黒の忍び装束《しょうぞく》のおしんがまず穴に飛び込み、次いで小籐次が腰から次直を抜いて手にし、さらにもう一方の手で破れ笠の縁を摑んで続き、しんがりに新八という順で穴を這い進んだ。

横穴はせいぜい一間余りの奥行きで、小籐次はおしんの気配が消えると、風を頬に感じた。穴から這い出るとそこは躑躅《つつじ》の植え込みの間で、佐治一族の見張りが巡回する塀がすぐそばに聳えていた。

新八も姿を見せて、再び三人は暗がりに額を集めた。

小籐次は次直を腰に戻し、身仕度を整えた。

三人が潜むすぐ上の塀を見張りが通過した。

「赤目様、植え込みの間を抜けると、女衆三人が囚《とら》われていると思える蔵の横手まで接近できます」

「見張りは」

「戸口に二人です」

「よし、そやつらはわしに任せよ」

小籐次の返答におしんが頷き、再び植え込みの間を縫って三人は進んだ。

「おい、表門の騒ぎはなんだ」

「刎ね橋の下を行灯が点された無人の小舟が流れていったそうな」

「役人めらの小細工か」

「いや、役人も見ておるゆえにどうやらそうではないらしい」

しばらく無言の間があった。

「われら、どうなる」

「殿は全員討ち死と命ぜられておる」

また沈黙があった。

「死にとうはない」

「むろんのことよ。御目付に捕まったとせよ、われらの始末どうなる」

「殿の命に従っただけと答えるしかあるまい。事実じゃからな」

「総掛かりになったらどうなる。逃げるわけにはいくまい」

「斬り合いになるな。そうなったらお仕舞いだ」

との声を最後に問答が絶え、見張りが蔵の前から遠のいていった。

小籐次はその場に新八とおしんを残すと立ち上がり、破れ笠から竹とんぼを抜くと指先で捻り飛ばした。

ぶうーん
と唸り音を響かせた竹とんぼが見張り二人の前に飛んでいき、思わず見張りが飛来する竹とんぼを注視した。

その間に小籐次が間を詰めて、二人の横手に立つと静かに鯉口《こいぐち》を切って次直を抜き、峰に返していた。

気配を感じたか、見張りが小籐次をゆっくりと振り返った。

「そのほうは」

「赤目小籐次」

と名乗った小籐次の次直が翻《ひるがえ》って見張りの二人の首筋を峰で強打すると、その場に崩れ落ちた。

新八が一人の腰から鍵を奪い、おしんと小籐次が蔵の前に一人ずつ引きずっていった。

新八が手際よく錠前を鍵で開けると土蔵の鉄扉を開き、二人の見張りを引きずり込んだ。

蔵の奥に灯りが見えた。

鉄扉を閉じた小籐次とおしんが奥に向い、蔵の中に見張りがいるかどうかを確かめた。だが、囚われた三人の女たちが長持ちに凭《もた》れかかって目を瞑り、有明行灯にその身を浮かばせているだけだった。

「板倉家のお女中衆にございますな」

おしんの問いに老女が薄く目を開き、驚きを顔に示した。若い女中も目を覚ました。

「しいっ、お静かに。私どもは味方でございます」

「味方じゃとな」

「このお方は赤目小籐次様、私はおしんと申します」

「なに、赤目小籐次どのが助けに参られたか」

「いかにもさよう」

小籐次が手にしていた次直で女たちの手足の縛《いまし》めを次々に切った。

「佐治様はどうなされておられる」

「この屋敷は幕府御目付衆の手勢で囲まれ、佐治どのは戦う構えを崩しておられぬ。そなた様方は戦いに巻き込まれてもならじ。おしんさんが、屋敷の外に案内《あない》されるで、静かに従いなされ」

首肯した老女がふとなにかを思い出したように言い出した。

「赤目小籐次様、私は五代目岩井半四郎丈が贔屓《ひいき》でしてな、そなたが半四郎丈と共演した市村座の舞台を見物させてもらいましたぞ。あれはなんともいい舞台にございましたよ」

杜若《とじゃく》半四郎の艶姿を思い出したか、老女は陶然とした顔を見せた。

「ご老女どの、半四郎丈のことはさて置き、ただ今は安全なる場所へ逃げることがまず先にございますぞ」

「おお、そうじゃ」

と囚われの身ということを思い出した老女が、

「案内下され、おしんどの」

とおしんに声をかけ、小籐次は三人の囚われ人を護衛して蔵の扉へと戻った。

すると新八が扉の隙間から外を見て、緊張の気配を背に漂わせた。

振り返った新八が、手の仕草で、

「見張りの到来」

を告げた。

「何人か」

と小籐次が尋ねると、三人と新八が答えた。

「それがしが」

小籐次が扉の前に立つと、

「見張りはどうした」

という訝《いぶか》る声が響いて、重苦しい沈黙が扉前を支配した。

四

「太助と磯二郎め、戦いを前に臆《おく》して逃げおったわ」

沈黙を破って、声が響いた。

「われら、どうする」

「武吉、そなたも臆したか」

「そうではない。年寄り女を楯に戦うのが嫌なのじゃ。戦うならば堂々と戦いたい」

「それもそうじゃ。女三人は太助らと一緒に逃げたと殿様には報告しよう。もはや表門の刎ね橋が落ちるのに時はかかるまい」

「よし、持ち場に戻るぞ」

との声を最後に扉前の人の気配は消えた。

「新八どの、おしんさん、ご老女方三人を穴の中で待機させてくれぬか。今逃げては矢など射かけられる恐れがあろう。しばし横穴で形勢を見てもらおう」

「畏《かしこ》まって候」

と新八が受けて鉄扉を開いた。

「赤目様はどうなされますな」

「今の話を聞いたであろう。酒毒に冒された主のもと、健気《けなげ》に戦おうと覚悟した家来を一人たりとも死なせてはなるまい。佐治義左衛門さえ斃せば、あとは抵抗致すまいと思う」

小籐次の佐治との直接対決の意志を聞いた新八とおしんが頷き、躑躅の植え込みの中へと老女ら三人を連れ込んだ。

小籐次は鉄扉横の壁に竹槍が何本も立て掛けてあるのを見て、長さ七尺ほどの得物《えもの》を手にした。そして外蔵から、閉じられた母屋へと向った。

表門では、御目付衆を中心にした捕り方が上げられた刎ね橋に鉤縄を掛け、ゆさゆさと揺すり、下ろそうとしていた。

籠城組はそれを阻止しようと鉄砲を撃ちかけ、矢を射かけて阻んでいた。竹束の防御楯の陰から縄を引っ張る捕り方と籠城組は一進一退の攻防で、なかなか刎ね橋を下ろすことができなかった。

「しっかりと腰を入れて縄を引け」

捕り方の小頭が配下の一団を叱咤《しった》した。

鉄砲の音がして、小頭の陣笠に鉄砲玉があたって、
きーん
と音を立て、跳弾して配下の足にあたり、

「あ、い、痛たた」

と倒れ込んだ。

引き縄が緩んだ。

籠城組の一人が刎ね橋によじ登り、刎ね橋の欄干に絡んだ縄を切り放そうとした。

捕り方の一人が槍を投げると、縄を切ろうとした籠城組の腹に突き立ち、流れに転落した。

わあああっ！

と捕り方から喊声《かんせい》が上がり、

「それ今じゃ。それ引け、やれ引け！」

と小頭が鼓舞したせいで引き縄に新たな力が加わり、段々と刎ね橋が下りてきた。そして、最後には、
どーん

という音とともに刎ね橋が堀に架け渡されて、小頭の、

「突入せよ。一気に攻め落とせ！」

の命が下った。そこで竹の防御楯を少しずつ前進させつつ、背後に身を潜めた捕り方が刎ね橋に接近していった。

籠城組の櫓からさらに一段と激しく鉄砲と矢が射かけられ、捕り方の何人かにあたって倒れた。

「櫓に火矢を放て！」

捕り方の〝本陣〟から新たな命が下り、火矢が何本も虚空《こくう》に飛んで、その一本が櫓に垂らされた筵に突き立って炎を上げた。

「火を打ち消せ！」

櫓からの飛び道具の攻撃がいったんやんだ間に捕り方が刎ね橋を押し渡り、門を開いて飛び出してきた籠城組の槍組とぶつかり合った。

小籐次は佐治屋敷の母屋の周りをぐるりと回りながら、どこぞに侵入口はないものかと探して歩いた。裏戸はどこも釘《くぎ》で打ちつけられ、格子《こうし》が嵌《は》められたところもあって侵入者を容易に入らせなかった。

小籐次が表庭に回ったとき、石垣の壁のあちらこちらに籠城組が隠れているのが見えた。表門が落ちたときのために、槍や抜き身を翳しての総掛かりを覚悟して待機していた。

双方がぶつかり合えば大勢の死人や怪我人が出る。老中青山忠裕がいちばん恐れたことだった。

なんとか佐治義左衛門と一対一の勝負に持ち込みたい、と小籐次が考えたとき、表門でこれまでで一番大きな喊声が沸いた。

捕り方が籠城組の最初の防衛柵を破って橋を押し渡り、敷地に侵入した喊声だった。

そのとき、母屋の雨戸が内部から蹴り倒されて、縁側に具足武者が動いているのが見えた。

篝火が点されて、縁側の左右の軒下に立てられた。すると建具はすべて外され、畳も裏に返されて戦いに備えているのが見えた。

座敷の真ん中に床几《しょうぎ》を置いて腰を下ろす南蛮兜《なんばんかぶと》の武士を見た。おそらくこたびの騒ぎの首謀者佐治義左衛門だろう。

破れ笠を被った小籐次は竹槍を手に、

「佐治どのじゃな」

と問いかけた。縁側の左右に立った当世具足の腹心の一人が、

「何奴《なにやつ》か」

と問うた。

「赤目小籐次にござる」

「御鑓拝借の赤目小籐次か」

「いかにも」

「赤目小籐次が何用か」

「佐治一族にはなんの恨《うら》み辛《つら》みもござらぬ。さるお方に命じられてな、佐治義左衛門どのを取り鎮めに参った」

「節介者が、いささか調子に乗りすぎておらぬか」

「調子に乗っておるのはお互い様、平静の世を乱してよいわけもなし、まして老女ら三人を人質に取るなど許されぬ」

「そういえば人質はどうした」

と当世具足が質した。

「すでに屋敷の外へと逃した」

「おのれ」

と叫んだ当世具足が本身《ほんみ》の槍の穂先を煌《きら》めかせて縁側から小籐次に突きかけた。

小籐次の竹槍が穂先を合わせた。

もう一人の腹心が庭に飛び降り、小籐次の横手から突きかけて、朋輩《ほうばい》を援護しようとした。

小籐次の竹槍が敏捷《びんしょう》にも回転して、横手からの具足武者の顔を叩いた。

二人の腹心は当世具足を付けているだけに動きが緩慢だった。

その点、小籐次は身軽で軽い竹槍を迅速に使うことができた。

ひょい
と相手の長柄《ながえ》の槍の内懐に入り込んだ小籐次は、最初に対決した具足武者の足元を刈り込むように竹槍を振るって叩いた。

相手がよろめくところを、具足を付けた胸を竹槍の穂先でとんと突いた。

むろん防具を付けているので竹槍が刺さることはない。だが、後ろに飛ばされ、鉄兜を被った頭を庭石にぶつけて気を失った。

もう一人の仲間が本身の槍で突きかけてきた。

「ござんなれ」

竹槍を引き戻して相手の本身に合わせ、

「来島水軍流脇剣七手竿飛ばし」

と弾《はじ》き飛ばして、さらにくるりと回した竹槍の石突きで具足武者の喉を突き飛ばして倒した。

こちらも地面に鉄兜の頭をぶつけて意識を失った。

小籐次が竹槍を立て、床几の佐治義左衛門を見た。

佐治は背後に控える小姓に手伝わせて、南蛮兜の紐を緩めると脱ぎ捨てた。

小籐次と腹心二人の戦いを見て、決して具足が有利に働かないことを見てとったのだ。さらに胴を脱ぎ捨て、身軽になった佐治が立ち上がった。

捕り方が表門前の戦いを制して庭に入り込んできた。

そのとき、佐治屋敷に小籐次の大音声《だいおんじょう》が響き渡った。

「寄せ手、籠城組の面々にもの申す！　それがし、赤目小籐次にござる」

その言葉に捕り方と籠城組双方から、

「なぜこの場に酔いどれ小籐次がおるのか」

という訝しがるような空気が戦いの場に流れた。

「文政の太平の御世、戦国時代から二百余年の時が過ぎし今、一族郎党を率いて世を騒乱に導くは、迷惑至極に御座候。無益な殺生を避けんがために、赤目小籐次と佐治義左衛門どのの一対一の真剣勝負にて、この騒ぎの決着をつけんと考えた。双方、戦いの手を止め、われらが勝負の行方を見守って下され」

小籐次の言葉に、

おおっ！

というどよめきが響いた。

佐治の舌打ちが響いて、小姓になにごとか命じた。

小姓が縁側に差し込まれた松明《たいまつ》を摑むと座敷に火を放った。すでに油が撒かれているのか、炎が一気に天井まで上がった。

佐治は退路を断った。

小籐次は竹槍を捨て、身軽になって縁側に立つ佐治義左衛門を見上げた。

大兵《だいひょう》である。六尺を優に超えた巨漢で、腰の一剣も刃渡り三尺はありそうな大業物《おおわざもの》であった。その背後に炎が幾筋も走った。

「佐治どの、わが考えいかに」

「下郎の考えじゃが乗った。よいな、だれも手出しはならぬ。わしがこやつを始末した後、華々しく戦うて滝野川の地に散らん」

佐治は最後まで一族郎党ともども戦う考えを示した。

おうっ！

と呼応する佐治一族の声は幕府の捕り方より弱々しかった。

「佐治どの、祭儀一刀流、拝見致そう」

「下郎、あの世で祭儀一刀流の凄みを味わえ」

と言い放った佐治が沓脱《くつぬ》ぎ石に片足をかけると腰の一剣を抜き放った。重ねの厚い豪剣が背後の燃え上がる炎に、
ぎらりぎらり
と輝いた。

沓脱ぎ石から庭に巨軀《きょく》をおいた佐治が悠然と小籐次の前へ歩み寄り、間合いを縮めた。

佐治は豪剣を左手一本にだらりと提げたままだ。

小籐次は備中次直二尺一寸三分を抜いた。

佐治の大業物とは八寸以上の差があった。

間合いは一間。

幕府御目付を中心にした捕り方、籠城組の佐治一族、双方が沈黙して両雄の戦

いを見守っていた。

佐治が左手に提げていた大業物をゆるゆると頭上に上げていき、途中で右手を添えた。

巨漢が上段に大業物を立てたのだ。

対する小籐次は身の丈五尺一寸、牛車《ぎっしゃ》に迫る蟷螂《とうろう》の趣きがないこともない。

佐治一族から主の堂々たる威勢に感嘆の声が洩れた。

「下郎、参れ！」

佐治義左衛門が小籐次を誘った。

小籐次がその声に導かれたように生死の境に踏み込んだ。

「おおおっ！」

と怒号した佐治の豪剣がこの場を両断して振り下ろされた。

真っ向幹竹割り《からたけわ》に小籐次の体が二つに斬り割られたと見物のだれもが思った。

佐治義左衛門も確かな手応え《てごた》を感じとっていた。

ふわりと風が戦《そよ》いだ。

佐治の刃《やいば》は無益にも虚空を割っていた。

「うーむ」

振り下ろした豪剣を、佐治は風の戦いだ方角へと迅速に引き回した。
小籐次の体が沈んで、佐治の引き回しを避《よ》けた。
佐治は巨軀を小柄な体にぶつけて弾き飛ばそうと企てた。
そより
と体当たりを食らわしたつもりの小籐次の体が避けられて、
つつつつ
と空を切った佐治の大きな体の背後に回った小籐次が反対に巨漢を突き飛ばした。
かろうじて地面に転がるのを避けた佐治義左衛門の顔が朱に染まり、
「ちょろりちょろりと、どぶ鼠《ねずみ》のように逃げ回りおって」
と改めて体勢を整えると豪剣を中段に置いた。
小籐次は正眼の構えにとり、二人は改めて間合い半間で向き合った。
ふうっ
と佐治が息を吐き、止めた。
小籐次はその場にあるかなしか、ただ静かに立っていた。
佐治屋敷は今や猛炎に包まれて、見物の衆は炎を背景に戦う二人の動きを仔細《しさい》に見ることができた。

次直が正眼から脇構えに移された。

佐治義左衛門はこの移行を誘いと思い、見逃した。

あうんの呼吸で両者が踏み込んだ。

小籐次は佐治が胸元に引き付けた豪剣の動きを見つつ、脇構えの次直を鋭くも巨漢の脇腹から胸、そして喉元へと斬り上げていた。

寸毫《すんごう》の間で佐治の豪剣が小籐次の顔面を襲った。だが、その直前に次直が深々と斬り上げて、巨軀を横手に飛ばしていた。

「来島水軍流漣」

の声が佐治屋敷に流れた。

地面に転がった佐治はその声を聞きつつ、

(しまった、脇構えの移行の瞬間が勝機であったか)

と考えながら暗黒の闇の中に落ちていった。

佐治屋敷は粛として声もない。

「勝負は定まった。これ以上の争いは無用に候」

と告げた小籐次は次直に血ぶりをくれると鞘《さや》に収め、今や紅蓮《ぐれん》の炎を屋根から噴き上げる佐治屋敷の裏手に回り、おしんと新八が待つ穴に向った。

「終わりましたか」

と新八が竪穴から小籐次を迎えた。

「終わった」

「ならば横穴から出ましょうか」

と穴の中からおしんの声がして、老女ら三人の囚われ人を案内し、佐治屋敷の外に出た。

ふうっ
穴を出た小籐次は新鮮な朝の空気を大きく胸の中に吸い込んだ。

一行は佐治屋敷を見下ろす雑木林に向って歩き出した。

「ご老女どの、ご機嫌はいかがか」

「赤目様、悪いわけはございますまい」

「ほう、それはまたなぜにござろうか」

「天下の赤目小籐次様と道行にございますぞ。私どもの話をお聞きになったときの、わが殿様の羨ましそうなお顔が浮かびまする」

「それがしと一緒でどこがどう面白かろう」

小籐次の答えにおしんが笑った。

「ご老女様、いくらこのお方に申されてもお分りにはなりませんよ」

「赤目小籐次様には北村おりょう様がおられますものな」

「いかにもさようです」

「市村座で遠くから拝見しましたが、お似合いの二人でしたよ」

「ご老女どの、そなたには岩井半四郎様がおられるではござらぬか」

「私が思うても、あちらはなんとも思うてはおられませぬ」

「それが世間というものにござってな」

と答えながら小籐次は雑木林に立つ影を見ていた。

「一難去ってまた一難じゃぞ」

と小籐次が呟くのへ、

「酔いどれ様、ひでえじゃないか。空蔵をすっぽかしてさ。これじゃあ、江戸読のひとり勝ちだよ。そのご老女様方が庭瀬藩板倉家の方々ですな。よし、赤目小籐次と佐治義左衛門の戦いの一部始終に、ご老女方の脱出劇を加えて、佐治一族の反乱を書きたてますぜ」

と空蔵が腕を撫《ぶ》して迎えた。

「赤目様、この者は」

「読売屋の空蔵と申しましてな、またの名はほら蔵にござる。世の中になにごとか騒ぎはないかと、鵜《う》の目鷹《たか》の目であちらこちらとほじくり返す読売屋にござるよ。気をつけなされ」

「ほら蔵とやら、わらわと赤目小籐次様の道行をな、書きたててくれぬか。話ならばなんぼでもしてあげますぞ」

「おっ、しめた。ならば雑木林の中で話を聞かせてくれませんか。競争相手の江戸読なんぞに見つかりたくないからね」

と空蔵が雑木林の中に一行を連れ込んだ。

そのとき、朝の光が滝野川村一帯に差し込んできた。そして一段と大きく佐治屋敷が燃え上がり、一行は最前まで戦いの場であった佐治屋敷炎上を黙って見続けた。

ふと我に返った空蔵が辺りを見回し、

「あれ、酔いどれ様はどちらに行かれましたんで、おしんさんよ」

「あら、小舟を探しに行くと姿を消されましたよ。空蔵さん、小舟を見つけたら、もはやここには戻ってこられますまい」

とおしんが笑いかけて、

「えっ、またすっぽかしかよ」

と空蔵が慌てふためいた。

第四章　二組の祝言

一

小籐次が目を覚ましたとき、夕暮れ前だった。

「ふうっ、よう眠った」

と寝床の中で手足を伸ばし、

（おやえどのと浩介さんの祝言に間にあってよかった）

としみじみと思った。

（祝いの品も出来上がったことだしな）

と、この日の使い方をあれこれ考えようとした。

「じいじい、起きたか」

と障子の向こうで小さな影が動き、戸が開かれて駿太郎とおりょうが姿を見せた。

小籐次が寝ていたのは望外川荘の田の字型の部屋の一つだ。

朝、戻ってきた小籐次の姿を認めたおりょうがにっこりと微笑み、

「滝野川の騒ぎは落着しましたか」

と尋ねたものだ。

「幕府も開闢《かいびゃく》二百年が過ぎると、あのような旗本衆があらわれる。徳川幕府の幕引きもそう遠い先のことではあるまい」

「赤目様が御鑓拝借以来、警鐘を鳴らしておいでですが、だれも気付かれるお人がおられませぬ」

「いや、老中青山様らは危機感を持っておいでだが、大半のお方は、徳川の御世がいつまでも平穏無事に続くと思うておられる。事が起こったとき、慌てふためかれてももう遅いわ」

「赤目様、朝湯を百助に立てさせます。滝野川の汗をお流し下さいませ」

「汗を掻く暇はなかったが」

とその先の言葉は口にしなかった。

「斬り合いの臭いなど致しませんよ」

「ちらりと気がかりを脳裏に思い浮かべたが、おりょう様はそれがしが口にもせぬ言葉をよう察せられますな」

「赤目小籐次様と北村りょう、短いようで長い付き合いにございます。赤目様は水野家に奉公した日のりょうをご存じです」

「ふっふっふ」

「含み笑いなどされて、なにを思い出されました」

「あの折のおりょう様は初々《ういうい》しくも輝いておられた」

「十六のりょうとは比べようもございませぬ。ただ今のりょうは薹《とう》が立って輝きを失いました」

「いや、一段と美しさに磨きをかけられた」

「このところ赤目様の言葉はいささか過剰にございますが、なにがあったのですか」

「いや、本心を申しておるだけじゃ」

「そこが怪しゅうございます」

「それがし、湯を使わせてもらう」

おりょうにやんわりと責められた小籐次は、慌てて湯殿に向った。湯を使ったあと、朝昼を兼ねた食事をすると百助の小屋に籠り、祝いの品の仕上げをした。ついでにおりょうのための円行灯も一つ拵えた。そして、座敷の一部屋で仮眠をしたのだった。

夕暮れどき、円行灯を持参して母屋に向うとおりょうが、

「おや、祝いの品ができましたか」

「いや、これは別物。花嫁の祝い品は百助さんの小屋に置いてあります。円行灯に花籠を添えて明日持参致すつもりにござる」

「祝言の前に届けられますか」

「そう考えておるが、いかぬか」

「祝言の日、浩介さんは早めに芝神明社に参られ、花嫁さんの到来を待たれましょう。そのあと、若夫婦の部屋に円行灯を置き、花籠に花を飾って祝いの品といたしませぬか」

「なに、初めての夜を過ごす寝間に置いておけと申されるか」

「久慈屋様のお許しがあるならば、花籠には私が花を活けさせてもらいます。た

だし花嫁花婿には内緒がようございましょう」

「うむ、花嫁花婿を迎える趣向、二人して驚かれような」

「いかがにございますか」

「よかろう」

おりょうの発案に小籐次が乗り、さらに言葉を続けた。

「おりょう様、じつはおりょう様の花籠はまだ拵えておりませぬ。しばし時を貸してもらえませぬか」

「赤目様の身は一つ、私はいつまでも待ちます。それよりこの円行灯、灯りを入れてみとうございます」

「そう言われると思ったで、油皿に灯心も持参しました」

おりょうがあいを呼んで菜種油を持ってこさせると素焼きの小皿に注ぎ、小籐次が灯心を浸した。付け木で火を移すと、
ぼおっ
とした優しい灯りが点った。

久慈紙に季節の花と葉を漉き込んだもので、四季模様が浮かんだ。

「おやえさんの円行灯も同じような久慈紙にございますか」

「まあ、似たような紙を使うております」

「ならば、花籠に花を盛る要はございませんね」

おりょうはほのかな四季模様の灯りを大切にすべきかと迷った。

「それがしは華やかに飾られた夜を若夫婦が過ごすのも良い思い出と思うがのう」

望外川荘の玄関で訪《おとな》いの声がした。

どうやら若い武家の声のようだ。

「この刻限、どなたかのう」

「赤目様の知り合いではございませぬか」

おりょうが言い、あいが玄関に向った。

訪問者は水戸藩小姓頭の嫡男の太田静太郎と久慈屋本家の細貝忠左衛門だった。

「おや、太田静太郎どのにございましたか。お久しゅうございます」

「赤目様、無沙汰ばかりしております。御用で水戸から江戸屋敷に出てきたところ、忠左衛門どのとばったりと出会うてな、赤目様にもお目に掛かりたく、源森《げんもり》川の水戸屋敷まで船で参り、こちらを訪ねました。突然の訪い、ご迷惑ではございませぬか」

小籐次が笑みを浮かべて、

「静太郎どの、こちらの主を紹介させてもらいましょうか。歌人の北村おりょう様にございます」

静太郎とおりょうを引き合わせた。

「おりょう様、赤目様にはあれこれと世話になりました水戸藩太田静太郎にござる。今宵は約定もない訪いにて、さぞご迷惑でございましょう。お詫び申します」

「いえ、太田様、赤目様の知己はりょうの友にございます」

おりょうが答えるとあいを呼んでなにごとか命じた。

「信州松野藩にお出かけであったと忠左衛門どのから聞きました。赤目様は今やあちらこちらに引っ張り凧《だこ》で忙しゅうございますな」

「野暮用ばかりで本業を疎かにしております。いささか反省をしておるところでござる」

「うーむ、言い辛《づら》いな」

小籐次の返答を聞いた静太郎が頼みごとでもあるのか、困惑の顔を見せた。

「静太郎どの、鞠姫様とお幸せにお過ごしにございましょうな」

小籐次は素知らぬ顔で話を進めた。

「赤目様、もはや鞠姫と言うは可笑《おか》しゅうございます。お蔭さまにて鞠と幸せに暮らしております」

「それはなによりにござる」

と応じた小籐次は、忠左衛門の視線を気にかけた。

最前から円行灯に釘づけになっていた。静太郎も小籐次と会話を交わしながらちらりちらりと灯りを見ていた。

「赤目様の新作にございますかな。丸い竹籠の行灯など見たこともございません。優しい灯りでなんとも心を和《なご》ませます」

「うーむ、これは参った。お二人の突然の訪いに見られてしもうた」

「と仰いますと、どこぞからの注文にございますか」

静太郎は今や膝を乗り出して円行灯に見入り、気掛かりなことを尋ねた。

「明日まで内緒にしておきたかっただけでな。久慈紙を使ったほの明かり久慈行灯は水戸藩の特産として売り出した経緯もござる。よそで売り出すなどござろうか」

と応じた小籐次が二人に事情を告げた。

「なにっ、これはおやえと浩介の祝いの品でございましたか」

「明晩、花嫁と花婿を驚かそうと、おりょう様と話し合うたばかりでな。もっとも若夫婦の座敷に円行灯と花籠を持ちこむ許しは久慈屋どのに得ておりませんがな。差し障りがあるなら、奉公人のどなたかに運び入れてもらうつもりにござる」

「分家と赤目様、おりょう様の間柄です。なんの遠慮がいるものですか。分家には私から断わっておきます」

と本家が請け合い、

「それにしてもなんとも艶《つや》っぽい灯りにございますね、静太郎様」

と感嘆の体で言った。

「いや、驚きました。それがし、水戸の鞠に土産に持ち帰りたいくらいです。またこれを見たら水戸の作事場の面々が驚きます」

「なに、これを水戸から売り出されると申されるか」

「それがしが赤目様をお訪ねした理由の一つにございます。水戸ではなんとか赤目様にお越し頂き、新作を工夫して頂きたく、それがしが江戸に派遣されたのでございます」

「おやえどのに造った円行灯じゃが、巷《ちまた》で売れようかのう」

　小籐次が首を捻った。

「これはほの明かり久慈行灯より売れます。それもそれなりの値でな」

　と忠左衛門が大きく頷き、

「この円行灯はおやえのものですな」

「いえ、花嫁の祝いの品は別に用意してございます。こちらはおりょう様のために造ったものにござる」

「一刻も早く江戸藩邸の重臣方に見せとうございます」

　と思わず静太郎が本音を洩らした。

　おりょうの視線がちらりと小籐次に向き、

「赤目様、この行灯、静太郎様にお贈りなされませ。私はお暇の折に造って頂きます」

「それでようござるか」

「静太郎様がお鞠様への土産を江戸屋敷で披露なされるのは、静太郎様のお気持ちのままにございましょう」

「贈る先までわれらはあれこれ口出しできるまい」

御三家水戸藩の小姓頭の嫡男にして重臣の縁戚である太田静太郎が小籐次とおりょうの前にがばっと平伏して、

「温かきお心遣い、言葉もございません」

と感謝の言葉を吐いたものだ。

「静太郎どの、水戸家の家臣が酔いどれ爺に頭を下げるいわれがござろうか。さっ、頭《つむり》を上げて下され」

「ならばおりょう様に」

「こちらもただの歌詠みにございます」

と笑ったところに、あいが酒と膳部を運んできた。

「あり合わせのものにございますが、月がそのうちに池の水に映えましょう。月を馳走に一献《いっこん》いかがでございますか」

運ばれてきた膳部を整えながら、おりょうがあいにまたなにごとか命じた。するとあいが縁側から庭に下りて不酔庵に向った。

膳が整えられ、おりょうが二人の客と小籐次の杯を満たした。

「まさか祝言前夜にかようなことになろうとは」

と言いながらも杯を手にした忠左衛門の顔はほころんでいた。

「江戸に出てきた御用がかようにとんとん拍子にいくとは思わなんだ」

とこちらは静太郎だ。

「静太郎様、まだ赤目様の水戸行きの承諾を得ておりませんぞ」

「いかにもさようでした。されど、それがしには赤目様の水戸再訪を実現する名案があるのです、忠左衛門どの」

と応じたとき、あいが青紅葉《あおもみじ》と石榴《ざくろ》の実を活けた竹籠を両手に抱えてきて、床の間に置いた。

「この竹籠は」

と静太郎が尋ねる。

「むろん赤目小籐次様のお作にございます」

おりょうが満面の笑みで応じたものだ。

「なに、過日見た花籠は、赤目様がお造りになられたものでしたか。これはまた風合いが違った品かな。静太郎様、いかがにございますか」

と忠左衛門も感嘆の表情だ。

静太郎は円行灯の灯りを受けた煤竹の花器の大胆にして繊細な編み方を凝視していた。

「これは驚いた。竹で作られた籠にかような使い方もあるのか」

「静太郎様、売れる売れぬばかりを申すようですが、赤目様の技が水戸藩の作事場の職人衆に徹底されますならば、これもまた大評判になり、水戸家の名物になり、いささか財政を潤しましょうぞ」

「いよいよ、赤目様の水戸再訪が大事な鍵になった」

「静太郎様、名案があると言われましたが」

「言うた。じゃが、あまりにも下心が見え透いて、言い出せません」

「水戸様と久慈屋は主従のような付き合いをしております。また久慈屋と赤目小籐次様は親類同然の付き合いがございます。まあ、言わば内うちの間柄ですぞ」

うーむ、と唸る静太郎に、

「まずは皆様、一献傾けて下さいませ」

おりょうが勧めて、三人はゆっくりと杯の酒を飲み干して、

「甘露甘露」

と忠左衛門が思わず呟いた。

「ささっ、もう一献」

おりょうが酒器を静太郎に差し出した。

静太郎が杯を膳に戻し、

「北村おりょう様、お願いの儀がございます。ぜひ諾《だく》と答えて下さりませ」

と願った。

「諾、と答えなければ、私の酌では酒《ささ》は飲まれぬと申されますか」

「その覚悟にございます」

「おやおや。申されませ、太田静太郎様」

「私の一存ではございますが、歌人北村おりょう様を水戸にお招きしとうございます。家中《かちゆう》を挙げて歓迎致しますゆえ、ぜひおいで下さりませ。太田静太郎、かくお願い申し上げます」

「静太郎様、お武家様がそう幾度も頭を下げるものではございませんよ」

微笑んだおりょうが小籐次を見た。

「おうおう、静太郎様、これは将を射んとすれば先ず馬を射よ、の故事に倣った策ですな。どう返答なされますな、赤目様」

忠左衛門が好奇心を剝《む》き出しに二人に問いかけた。

「忠左衛門どの、女主どのの返答次第じゃな。馬は従うだけよ」

「で、おりょう様のご返答はいかに」

忠左衛門がおりょうを見た。

「壮大な大日本史を編んでおられる水戸光圀様の水戸学の都、水府《すいふ》を訪ねるのは夢の一つにございました。赤目様が参られるところならば、りょうは地獄までも従います」

「お二人にとって水戸は地獄にあらず、極楽の地にございます」

と静太郎が請け合い、赤目小籐次とおりょうの水戸行きが決まった。

太田静太郎と細貝忠左衛門が小者《こもの》に円行灯と花籠を持たせて望外川荘を辞したのは五つ(午後八時)の刻限だった。

小籐次とおりょうは二人を長命寺前の船着場まで見送りに出た。そこには水戸家の船が迎えに来ていた。

別れ際、土手道を下りようとした忠左衛門が、

「忘れておった」

と叫んだ。

「まだなんぞござったか、忠左衛門どの」

「赤目様、昨夜はお手柄にございましたそうな。滝野川村の抱え屋敷に立て籠った御番組頭の佐治様と一族郎党を取り鎮めなされたとか。新たなる酔いどれ小籐

次の勲《いさお》し、と読売があれこれ書き立てておりますぞ」

「なんじゃ、そのようなことか。もはや終わった話にござる」

「終わった話ではございません。芝口橋界隈に赤目様を見んとやじ馬が集まっておりましたぞ」

「爺のもくず蟹のごとき大顔を見ても致し方あるまい。それにしてもやじ馬が集まる話を読売屋の空蔵さんが勝手に書いたかのう」

「なんでも佐治とかいう旗本に連れ去られた庭瀬藩のご老女が読売にあれこれと話したらしく、なかなか読みごたえのある読売に仕上がっておりましたぞ。ほれ、一枚、懐に入れてきたのがございますので、差し上げます」

「忠左衛門どの、要らぬ要らぬ」

と小籐次が断わると、おりょうが、

「ならば私が頂戴致します」

と受け取った。

「読売屋が言うには、酔いどれネタほど売れ行きがいい話もないそうで、そのうち江戸じゅうに赤目小籐次様を祀《まつ》った商いの稲荷社が建ちますぞ」

忠左衛門が土手道を下りて船に乗り込み、提灯を点した船が流れに乗った。

「赤目様、おりょう様、明日、祝言の席でお会いしましょう」

という声が川面から響いて、おりょうの手が小籐次の腰にそっと添えられ、二人は一つに寄り添って望外川荘に戻っていった。

二

望外川荘の宴の場はあいらの手で片付けられていた。

駿太郎もすでに寝間で眠りに就いていた。

小籐次が庭に面した縁側の雨戸を閉めようとすると、おりょうが止めた。

「もったいないほどの月明かりの夜にございます。しばし眺めていとうございます。いけませぬか」

「おりょう様の歌心が湧きましたかな。ならばそれがしはこれにて失礼をば致そう」

「赤目様はりょうと二人になるのをいつも避けられます。偶さか二人で月を眺めるのも一興ではございませぬか」

「このもくず蟹顔がかように美しい夜を汚しませぬかな」

「りょうにとって、どのような殿方とよりも赤目小籐次様と一緒に過ごす刻が幸せにございます」

「おりょう様は江戸でも名高き佳人にござるが、なんとも不思議な見方をなされるわ。どうも爺には分らぬ」

「赤目様は爺と仰いますが、りょうにとってただ一人の殿方、それ以上のお方などおりませぬ」

「世間には麗しい顔立ちの男衆がいくらもおられように、おりょう様はどうも目が悪いようじゃ」

　ふっふっふ
　と笑ったおりょうが、

「いえいえ、りょうの殿方を見る目はだれよりもたしかにございます。常々申しますように、りょうは心の目で判断いたします。赤目小籐次様ほど心が澄み切った殿方はおられませぬ」

「心が澄み切ったのう。森藩の下屋敷を出て以来、必死に生きてきただけじゃがのう」

「必死さはだれのためにお使いになられましたか」

「だれのためにと問われるか。そのようなことは考えたこともござらぬ」

「赤目小籐次というお人は久留島通嘉《くるしまみちひろ》様の無念を晴らされた御鑓拝借以来、つねに他人様のために生きておいでです。その上、その行いでなにかを得ようとか儲けようとか出世なさろうとか、一切お考えになっておりません。見返りを求めぬ行いが人の心を打つのです」

「おりょう様、それを言うなれば、それがしも多くの厚意を受けて生きて参った。久慈屋どのを始め、多くの方々の世話になり、かように生きて参ったのもたしか。だれになにを言われようと世間様から受けた厚意でそれがしと駿太郎は生きておる。つまりはそれがしがなした以上のものを世間様から受けており申す」

「はい。それもこれも見返りを求めぬ行いであればこそです」

「そうかのう。おりょう様は心優しいゆえ、ついそれがしへの見方が甘うなっておるような気がするがのう」

「そうではございません。りょうの申すことは真実にございます。りょうがこの世で惚れた殿御は赤目小籐次様お一人にございます。ただ……」

「ただ、なにかな」

「今少しりょうのことを想うて下さればと願うのはご無理な話にございましょう

か」

「おりょう様、それがし、たしかに豊後《ぶんご》森藩に奉公しておったゆえ、通嘉様はそれがしの旧主じゃが、それがしが真を尽くす相手はこの世に一人しかおられぬ」

「ほう、どなた様に真を尽くされますな」

「言わずもがなのことじゃ」

「聞きとうございます。名を仰って下さいませ」

「弱ったのう。世間ではよう言うであろうが、以心伝心とな」

「りょうは近頃勘が鈍ったようです。はっきり仰って頂かぬとだれのことやら分りかねます」

「そ、それは」

「赤目小籐次様の想い人はどなたでございますか」

「き、北村、お、おりょう様」

「声が小そうて聞き取れませぬ」

「北村おりょう様にござる」

　声を最前より張った小籐次は、いささか残っていた酔いがすうっと覚めるのを感じた。

「りょうが赤目小籐次様の想い人とは、いくたび聞いても嬉しゅうございます」

あいがお茶を運んできたが、縁側で寄り添う二人を見て、
そおっ
と台所に下がっていった。

おりょうの手が小籐次の武骨な手を摑み、

「それにしても赤目様はどうしてりょうの気持ちがお分りにならぬのか」

と呟いたものだ。

おりょうと小籐次の夜はいつ果てるとも知れず、池に映る月だけが二人の様子を黙って見ていた。


翌朝、いつもより遅い七つ半（午前五時）の刻限におりょうの傍らを抜け出た。するとおりょうが小籐次の背にそっと手を触れ、

「りょうより稽古が大事ですか」

と問うたものだ。

「おりょう様、無理を申されるな」

「駿太郎様の風邪はもはや治りました。本日の祝言が終われば、赤目様と駿太郎

様は芝口新町にお帰りになられるのですね」

「蟹は甲羅に合わせて暮らしを立てる。それがしは時折、おりょう様のもとに通うことが許されるならば、それでじゅうぶん幸せにござる」

「りょうはいつも赤目小籐次様と一緒にいとうございます」

「おりょう様には歌創りという本分がござる。それに芽柳派を立ち上げたばかりの大事な時期にござれば、どのような噂が流れてもならぬ。それがしはおりょう様が歌人としてさらに大きく成長される様をそっと見守る、それが務め、またそれがしの生き方に似合うており申す。おりょう様がそれがしに用があるならば、いつでも駆け付けるでな」

「須崎村と芝口新町、近いようで遠うございますね」

「大川の流れで結ばれておる、おりょう様」

「なんとも憎らしいお方でございます」

「本日は浩介さんとおやえどのの祝言じゃ。おりょう様には初夜の寝間を飾る大仕事が待ち受けておる」

「いかにもさようでした」

と小籐次の背に触れられていたおりょうの手が離れて、小籐次はおりょうの寝間を出た。

小籐次はみっちりと一刻（二時間）、来島水軍流の正剣十手、脇剣七手を真剣で遣い、汗を搔いた。そして、水風呂を使い、汗を流したところに駿太郎が湯殿に来て、

「じいじい、うづねえちゃんがきたぞ」

と知らせた。

「駿太郎、そなたは侍の子じゃ。来たぞではない。参られましたか、せめて来ましたくらい申せ」

「うづねえちゃんがまいられたぞ」

「まあ、そんなところか。風邪はどうやら治ったようじゃな。洟《はな》も出ておらぬようじゃ」

「かぜはなおられました」

「こんどは丁寧にすぎるな」

と笑った小籐次はうづの来訪を、

「このところ蛤町に顔出ししておらぬで、呼びに来たかのう」

といささか反省しながら、おりょうが用意してくれたふだん着に着替えた。

うづは太郎吉と縁側にいて、おりょうと茶を喫しながら談笑していた。

「うづどの、仕事をせずともよいかと心配して来られたか」

「そうではないわ」

うづが縁側から立ち上がり、

「久慈屋さんでは今日が浩介さんとおやえ様の祝言ですよね」

「いかにもさよう」

「私どもは赤目様を通じて時に出入りを許されているわ。私どももなにかお祝いをしたいと、太郎吉さんと相談したんです」

「それは気を遣わしたな」

「赤目様、おれっちは職人だし、うづさんの家は百姓だ。久慈屋さんのような分限者に祝いをするなんておこがましいと、うづさんに言ったんだが、気持ちを表すにはかたちしかねえと言うんだよ。だけど、久慈屋の祝儀に銭を持っていくのもおかしいや」

「無理することはなかろう」

「だろう。だけどよ、うづさんがどうしてもと言うんでよ、おれは赤ん坊が生まれたときのさ、産湯を使う盥《たらい》を造ろうと思ったんだ」

「それは豪勢な祝いを考えたな」

「親父はよ、桶屋じゃなし、曲物師が盥なんぞ畑違いも甚だしい。それに大物を造る技はなし、十年早いと言うんだがよ、ともかく思いついたことだ、造り始めたんだ」

「ほうほう、たしかに言われてみれば、桶は桶屋の仕事じゃな。曲物とは技も違おう。曲物師はまず大物を造ることはあるまいから、親父どのは黙って見ておられたか」

小籐次は太郎吉が自ら考えて新しいことに挑む姿勢に感じ入った。それにしても産湯の盥を曲物で造るとはなんとも大胆不敵な発想か。しくじりもまた大きく成長する助けになると太郎吉の言動を内心喜んだ。

そのとき、小籐次は思い出した。

万作親方と太郎吉は、望外川荘で使う桶一式を造っており、あまつさえ檜風呂の手入れさえしていた。となれば太郎吉はすでに経験済み、何事かあらんと思い直した。

「いやね、最初、あれこれ小うるさく注文をつけていた親父もよ、最後には手を出してさ、ああでもねえこうでもねえ、ああしろこうしろと、いつも以上に煩《うるさ》かったな」

「ということはできたのじゃな」

小籐次はいささか驚いて質した。

「できた。だけどさ、久慈屋で受け取ってくれるかな。分限者のことだ、漆《うるし》なんぞを塗った盥じゃないとだめだなんて言われて、突っ返されそうだ。そんときゃ、うづさんが子を産んだときに使えばいいか」

「太郎吉さん、そんなことまだ早いわよ」

うづが顔を赤らめた。

「久慈屋がいくら分限者とはいえ、公方様のお姫様ではないわ。漆の盥はなかろう。そなたが造った産湯の盥を見てみたいな」

「私もそう申したところでした」

「祝言を前におりょう様と赤目様に見てもらい、だめなら持って帰るか」

と言い残した太郎吉が望外川荘の船着場に走り戻っていった。

「うづどの、さすがは名人の血筋じゃな。一度この望外川荘の桶を親方と一緒に造っただけで、盥を造り上げたか。なんとも覚えが早いな、太郎吉どのは。その理由《わけ》が分るか」

「赤目様が血筋と言われました。でも当人は、おれは親父の血は引いてない、だめな弟子だといつも嘆いているわ」

「太郎吉どのは物心ついたときから名人の親父どのの仕事場を横目に育ってきたのじゃ。いつとは知れずに親父どのの技が、呼吸が体に染みついていたのであろう。もうしばらく辛抱《しんぼう》すれば、必ずや親父どのが認める曲物師になろう」

「そうでしょうか」

「太郎吉どのが親父どのを凌ぐ名人になるもならぬもうづどの次第じゃぞ。今のところはうづどのと一緒になりたい一心で仕事に精を出しておるようじゃ」

うづのための、太郎吉の必死を喜んだ。

「赤目様、うづさんは庭にある青紅葉や色付き始めた紅葉の枝を舟いっぱいに運んでこられたそうです」

おりょうが話柄を変えた。

「ほう、紅葉とは、また考えたな」

小籐次は感嘆しながらも、青紅葉をどう使うのか考えが及ばなかった。

「それにしても舟いっぱいの紅葉とは豪儀じゃな。いつもの野菜舟ではのうて紅葉舟か」

「昨日、駿太郎ちゃんの風邪の具合はどうかと新兵衛長屋を訪ねたの」

とうづが言い出した。

「おりょう様のところに世話になっておると、うづどのには言うたような、言わなかったような」

「聞いています。でも、駿太郎ちゃんのことだから、もう治ったかなと思ったし、お麻さんに祝言のことも訊いてみたかったし、それで芝を訪ねたんです」

「祝言は家では行われぬ」

「芝神明社で式を挙げて、近くの料理茶屋鈴たまで宴が催されるそうですね」

「そうと聞いておる」

「花婿の浩介さんは一足先に芝神明社に行き、花嫁のおやえさんを迎えるのね。おやえさんは、この日のために新造した船で芝神明社に向われるそうです。帰りは花嫁花婿二人して、鈴たまの前の堀から船で久慈屋に戻ってこられるんだとか」

「芝口橋を渡って東海道を神明社に向うのではないのか」

小籐次も知らないことだった。

「久慈屋の花嫁行列では大層な行列になるでしょう。それでは東海道に繋がる道の往来を邪魔もするし、またあちらこちらから祝いの言葉を掛けられて、なかなか花嫁様が花婿様の待つ芝神明社に辿りつくことができないから、舟行にしたようよ」

「あれこれと考えられたな」

「大番頭さんが知恵を絞って決められたの」

「ほうほう、たしかにこたびのことはおやえどのが番頭の浩介さんを婿に迎える。花嫁も花婿も一つ屋根の下に住んできたゆえ、花嫁行列を工夫せぬと面白味はないか」

「もしできたら、花嫁様と花婿様の船を青紅葉や色付き始めた紅葉で飾ったら、おやえさんの花嫁姿がいちだんと映えると思ったの。それで舟一杯に積んできたんだけど、だめかしら」

「うづさん、あなた方の気持ちをおやえさんも浩介さんも大喜びされますよ。水面に浮かぶ紅葉をいかだ紅葉と呼びますが、きっと独り乗る新造船の花嫁様の白《しろ》無垢《むく》も、夫婦二人での帰りの振袖姿も映えますよ」

とおりょうが請け合った。

そこへ太郎吉が大風呂敷を担いできた。

「こいつなんだがよ、どうしたものか」

太郎吉が言い訳しながら風呂敷を解くと、小判形の盥が姿を見せた。

「おおーっ」

曲物の技で造られた産湯盥は、親方の万作が手を加えたというだけに見事な造りで、なにより檜《ひのき》で造られた清々《すがすが》しさが伝わってきた。

小籐次が想像していた以上の見事な出来栄えで、太郎吉の技量の習得具合を見誤っていたことを感じさせられた。

「太郎吉どの、見事な祝儀じゃぞ。親方の親父どのもまさか曲物で産湯を使う盥を造るとは考えもしなかったであろうな」

「親父は最初、曲物師には曲物師の分《ぶん》があるなどと文句を言ってたがね。一度望外川荘で桶造りをやっているしさ、おれが頑固に造り出したら、ちらちらとこっちの手元を見ては、なにか口出ししようとさ、構えていたんだが、ついに業を煮やしたね。そうじゃねえ、大物のときの削りはこうだああだと、二人がかりの盥になっちまった」

最前の口調とは違い、太郎吉が満足げに笑った。

「おりょう様、われらの贈り物が霞《かす》んでしもうたな」

「いえいえ、赤目様のお作もきっと喜ばれましょう。また、太郎吉さんの贈り物は差し当たって使いませぬ。そこで産湯の盥にも花を飾れば、久慈屋のご一統が戻られたとき、大喜びされましょう」

「いかにもさよう。すぐには産湯を使うことはないからな」

おりょうの考えに同意した小籐次は、二人に円行灯と竹細工の花籠に花を飾る祝いのことなどを告げた。

「なに、おりょう様は寝間を花で飾られることを考えつかれたって。そいつは偶さか考えが同じだったか。うづさんが花嫁船をいろは紅葉で飾り、花づくし、紅葉づくしの祝言になるな」

「赤目様の行灯の灯りとおりょう様の花が飾られるなんて、なんて素晴らしい祝言かしら」

「うづどの、太郎吉どのと所帯を持つときは、この酔いどれがなんぞ考えるでな。なにしろわしの背後にはおりょう様がついておられるで、百人力千人力じゃ」

と小籐次が満足げに笑い、

「おりょう様、祝言は夕刻じゃが、少し早めに久慈屋さんに参ろうか」

「それがよろしゅうございましょう」

答えたおりょうが、

「太郎吉さんもうづさんも、私たちと一緒に久慈屋さんに祝いに参りませぬか。新造の花嫁船を飾るのもお祝いのうちにございましょう」

と若い二人に問いかけた。

「本日は遠慮させてもらうわ。おりょう様と赤目様の手を煩わせるようですが、お届け下さいませんか。どうかお願い申します。そして、おやえさんと浩介さんにお幸せにとお伝え下さい」

とうづが遠慮して、太郎吉が、

「うづさんの紅葉は、赤目様の舟に積み替えておくぜ。この盥もさ、載せておく」

と言い残して戻っていこうとした。

「それがしも見ておこう」

庭下駄を突っかけた小籐次は若い二人に従った。

なんと、うづの野菜舟には青紅葉や色付いた紅葉が満載されてなんとも見事だった。

「これは驚いた。色とりどりの紅葉がこれだけあると、なんとも華やかじゃな」

うづの小舟から小籐次の舟へと紅葉と盥を積み替え、うづと太郎吉が仲良く湧水池から隅田川へと空舟《からぶね》で出ていった。

三

継裃《つぎかみしも》の赤目小籐次と渋い小紋を着こなした北村おりょうが築地川から御堀へと小舟を進めると、河岸道を通りかかる人々が目を見張って、紅葉の枝や望外川荘の庭で摘まれた花々が積まれた小舟を見た。

中には小籐次を承知の棒手振りの青物屋もいて、

「酔いどれ様よ、植木屋か花屋に商売替えか」

と大声で訊いた。

「植木屋が継裃で商いに出るものか」

「違いねえ。それにしても研ぎ屋のなりでもねえな。歌人の北村おりょう様まで伴うて、また芝居見物か。いやさ、市村座に紅葉を届けて舞台を飾り、岩井半四郎とまた舞台共演か」

「いわいはいわいでもいわい違いじゃ。本日の爽やかな空を見てみよ。祝言日和《びより》と思わぬか」

小籐次は櫓を漕ぎながら、少し陽が西に傾いた夏空を見上げた。

「おっと思い出した。久慈屋の若い番頭の浩介さんがおやえさんの婿になる日だったな」

「そうじゃ。浩介さんとおやえどののめでたい祝言の日じゃ」

「それは分ったがよ、紅葉はなんのためだ」

「それは見てのお楽しみ。そなたは商いに精を出しなされ。紅葉にかまったところで一文にもならぬぞ」

「違いねえ」

と顔だけを承知の棒手振りが河岸道から離れていった。

行く手に芝口橋が見えてきた。

すると船着場に大番頭の観右衛門がいて、久慈屋の屋号入りの真新しい半纏《はんてん》を着た奉公人らになにごとか命じていた。

そんな中に、西野内村から出てきた元小僧の国三もいて、忙《せわ》しげに船に引き出物などを積み込んでいた。

遠目にもきびきびとした働きぶりが窺えた。

「国三さんは江戸に戻れそうかのう。おりょう様の見立てはいかがでござるか」

「あの働きぶりならば大丈夫にございましょう」

「そうなるとよいがのう」

「赤目様は、己が甘やかしたゆえ、国三さんの常陸での奉公し直しが命じられたと、責任を感じておられるのですね」

「そのような考えもないではない」

「若い小僧さんにとって、こたびのことは良い薬になったことでしょう。あの無駄のない動きを見ればもはや芝居にうつつを抜かす奉公人ではございませんよ」

「そうであればよいが」

「他にもなにか心配がございますので」

「いや、格別になんの懸念もない」

小籐次が答えたとき、国三がふと眼差しを上げて小籐次らに気付き、腰を軽く折って会釈をした。だが、その仕草だけで仕事に戻っていった。

「おや、だいぶ早いお着きですね」

観右衛門も紅葉を積んだ小籐次の小舟を見て、両眼を大きく見開いた。

「いささか趣向がござってな」

と笑った小籐次が船着場の端に小舟を寄せた。

おりょうが舟の中から、

「観右衛門様、本日は祝言に相応しい日和に恵まれ、真におめでとうございます。もはや花婿様は芝神明社にお出かけになりましたか」

と祝いの言葉を述べて訊いた。

「いかにも婿様は先に芝神明社に参りました。花嫁御寮はただ今角隠しと白無垢に装っておいでです。あっ、そうそう、本家の忠左衛門様から聞きましたぞ。この観右衛門、赤目様とおりょう様のお心遣いに感服致しました。花婿花嫁には内緒にございますが、旦那様にもお内儀様にも断わってございます。どうぞ、離れ屋にお通り下さいませ」

と願った。

「観右衛門どの、われらとは別に祝いを言付《ことづ》かって参った」

小籐次が太郎吉とうづの気持ちを伝えた。

「な、なんと早手回しに、産湯を使う盥を曲物の技で造られましたか」

「若い二人が思案したことじゃ。差し出がましいかもしれぬが、快く受け取ってもらえぬか」

「赤目様、旦那様もお内儀様も花嫁様も大喜びなさいますぞ。曲物師として名高い万作親方が手伝い、倅の太郎吉さんが拵えた産湯盥を祝言の日に頂戴する家などございますまい。それにしても紅葉で花嫁船を飾るとは、なんとも新趣向にございますな」

「というわけだ。あちらの新造船をそれがしが飾りたいが、宜しいかのう」

「飾りは天下の赤目様のお仕事ですか。こればかりは公方様も止められますまい」

と満足げに笑った観右衛門がおりょうに手を差し伸べ、船着場に上げた。

小籐次は紙に包んだ円行灯と花籠、手桶に入れた花々、そして、風呂敷包みの産湯盥を小舟から下ろした。すると国三が小僧の梅吉を連れて、素早く小舟のもとに走り寄ってきた。

「大番頭さん、なんぞ手伝うことがございますか」

「国三、梅吉、おりょう様に従い、祝いの品を離れ屋に運びなされ」

と命じた。

「はーい」

と新米の小僧の梅吉が間延びした返答をして、国三はおりょうの動きを見つつ、円行灯、花籠、そして手桶の花の三つを抱えて、

「おりょう様、石段に気を付けて下さいまし」

と案内に立った。

おりょうのあとに風呂敷包みを両手に抱えた梅吉が続き、河岸道に上がると三人の姿が消えた。

その様子を小籐次と観右衛門は目で追っていたが、ふと顔を見合わせ、

「国三もあの気配りができるようならば大丈夫にございましょう」

「江戸店戻りが叶いましょうかな」

「それがすぐには無理でしてな」

「ご本家でもう少し修業が要りますすか」

「うちでは一日も早く国三に手代として戻ってきてほしい。ですが、本家がもう少し国三に紙造りの技を覚え込ませたい、それが先々江戸で役に立つと申されますし、国三自身も勝手ながら今しばらく西野内村で汗を掻きたいと言いますでな、本家、分家の旦那様方が相談なされて、あと一年の修業が決まったのでございますよ」

「国三さんはしくじりを大きな成果に変えましたな」

「はい、苦い経験を若いうちに積んだことが国三にとってもうちにとってもよいことでした」

と答えた観右衛門に小籐次は、

「さてと、花嫁船の飾り付けをしてようござるな」

と改めて願ったものだ。


七つ半（午後五時）の頃合い、江戸にゆるゆると宵闇が迫ろうとしていた。

その刻限、久慈屋の一人娘のおやえが白無垢姿で両親の昌右衛門、お楽に付き添われて店の前に姿を見せた。

その瞬間、芝口橋を往来する人々が足を止めて、初々しい花嫁ぶりに思わずため息を洩らした。

店先には久慈屋の奉公人が左右に居流れて並び、町内の人々や鳶《とび》の連中も晴れ姿を見物に集まっていた。

おやえが腰を軽く折って見送りの人々に会釈をした。すると鳶の連中が木遣《きや》りを歌い出し、一瞬にしてめでたい雰囲気が久慈屋の店前に広がっていった。

「おやえさん、おめでとう」

「お嬢様、おめでとうございます」

の声があちらこちらから沸き起こり、再び会釈を返したおやえは花嫁船が待つ船着場に向った。

船着場には新造の船が横付けされ、提灯にはすでに灯りが入っていた。そして、灯りが浮かび上がらせていたのは、うづの家の庭から切り出された色付き始めた紅葉、青紅葉に飾られた花嫁船だった。

おやえが足を止めて、驚きの表情を見せた。するとすかさず観右衛門は新趣向がうづの発案であり、その考えをもとにして小籐次が飾り付けたことを説明した。

「私のために、うづさんがかようなことまで思案してくれましたか」

船着場に佇《たたず》む小籐次とおりょうを目で探して、角隠しを傾けて礼を述べた。

「旦那様、お内儀様、今宵の趣向はこれだけではございませんよ。赤目様と北村おりょう様が考えられた祝いの品が花嫁花婿様をお待ちしておりますでな」

観右衛門が花嫁の両親に告げたものだ。

「聞きました。されど、どんな趣向かは詳しくは存じません」

「旦那様、それはお帰りになっての楽しみにして下され」

と縁戚でもある大番頭の観右衛門が微笑み、

「ささっ、花嫁御寮は紅葉船にお乗り下され」

と願うと、船頭喜多造の介添えで花嫁と両親が乗り込んだ。

花嫁船の舳先で国三が落ち着いた手付きで舫い綱を外し、手でゆっくりと流れに乗せると自らも軽やかに舳先に飛び乗った。どうやら芝神明社まで見送りを命じられたようだった。

花嫁船が船着場を離れた瞬間、薄暮が訪れ、灯りが一段と冴《さ》えて紅葉船の花嫁の白無垢姿を艶《あで》やかに浮かび上がらせた。

両岸と橋の上から紙吹雪《かみふぶき》が舞い散り、花嫁船はゆっくりと築地川へと下り始めた。

木遣りの歌声が一段と響き渡り、

「おやえさん、おめでとう」

の声が再びあちらこちらから沸き起こった。

花嫁船のあとに本家らが乗った船が続き、おりょうを乗せた小籐次の小舟も従った。

芝口橋から汐留橋《しおどめばし》に向う右岸に新兵衛長屋の面々が立ち並んで、花嫁船を迎え、見送っていた。

そんな中に黒羽織を着た新兵衛の姿もあった。その傍らには娘のお麻と孫のお夕が従い、しっかりと新兵衛の手を握り、

「お父つぁん、おやえ様が嫁に行かれる姿ですよ」

とお麻が教えた。

「だれが嫁に行くって、お夕が嫁様か」

「手を引いているのがお夕でしょうが」

「爺ちゃん、久慈屋のお嬢さんですよ」

「ふうーん、久慈屋とな、だれだそれは」

「爺ちゃんが長いこと世話になってきた紙問屋の久慈屋さんですよ」

と孫のお夕が教えたが、新兵衛の関心は花嫁船のあとに従う何艘もの船に移っていた。

小籐次の小舟がすいっと、新兵衛長屋の面々が並ぶ河岸道に寄り、止まった。

「赤目様、駿太郎ちゃんの風邪は治りましたか」

すぐさまお夕が声をかけてきた。

「お夕ちゃん、お麻さん、心配をかけたな。お蔭さまで本復いたしした」

「ならば近々長屋に戻ってきますね。それともおりょう様の御寮にこのままいるの」

お夕がおりょうを気にしながら小籐次に小声で尋ねた。

「お夕さん、心配ございませんよ。赤目様と駿太郎様は、この祝言が終わったらこちらに戻られますよ」

おりょうが請け合い、嫣然《えんぜん》と微笑んだものだ。

「ああ、よかった」

お夕が正直な感想を洩らし、

「酔いどれの旦那がいねえ長屋はよ、気が抜けたようでつまんないぜ」

と版木《はんぎ》職人の勝五郎も言った。

「でえいちよ、酔いどれの旦那がいねえとおれんちに伊豆助が仕事を回してこねえや。なんとしても明日には戻ってきてくんな」

と縋《すが》るような眼差しで言い添えたものだ。

「過日、滝野川の一件でひと稼ぎしたのではないのか」

「伊豆助め、他の版木職人に仕事を回しやがった。だからよ、ここんとこ仕事がこないんだよ」

「わしはそなたの口入屋《くちいれや》ではないがのう」

「そう冷たいことを言わねえでくれよ。ともかくだ、そんなわけでございましてね、おりょう様、酔いどれの旦那をお戻し下さいな」

勝五郎はおりょうにまで願った。

「どなたからも頼りにされる赤目小籐次様をりょうの独り占めにはできませんね」

おりょうが笑みを浮かべたところで、小籐次の小舟が花嫁船を追って河岸道を離れた。

流れがただの御堀から築地川と呼び名が変わるところに浜御殿の長い石垣と塀が見えて、庭から松の枝が流れに差しかけていた。

喜多造船頭の花嫁船がすうっと止まったのは、その石垣の下から船が二艘姿を見せて、行く手を塞《ふさ》いだからだ。

乗っているのは小伝馬町《こでんまちょう》から解き放たれた連中と思しき面々だ。

「久慈屋の花嫁船にございます。流れを空けて下さいまし」

と喜多造が大人しく願った。

するとー艘の猪牙舟から立ち上がった着流しの男が、ぺこりと頭を下げて、

「久慈屋の大旦那様にございますな。今宵はお嬢様の祝言とか、真にもっておめでとうございます」

と祝いの言葉を述べた。

「それはご丁寧にありがとうございます」

と昌右衛門が答えると、

「わっしらもささやかながら祝い唄をご披露しようと、お待ち申していたところにございます」

と明らかに金子を強請《ゆす》ろうという態度で言い放ったものだ。

「兄さん方、大勢の人が花嫁船を待っておられるんだ。お気持ちだけ頂戴して、行く手を空けてもらえませんかねえ」

久慈屋の荷運び頭の喜多造が願った。

「船頭さんよ、わっしらの祝い唄くらい聞いてくれたっていいじゃねえか。半刻（一時間）とは手間は取らせねえよ」

「嫌がらせだね。半刻も待たされてたまるものか」

喜多造の返答に着流しの兄いが片手を胸元に突っ込み、きらりと匕首を抜いてみせた。また仲間たちもどこで摑まえてきたか、蝮《まむし》の尻尾《しっぽ》を摑んで今にも花嫁船に投げ込もうという構えを見せた。

そのとき、すいっ、と小籐次の小舟が花嫁船に近寄り、

「国三さんや、わしと櫓をしばし代わってくれぬか」

と願うと、心得た国三が、

「ご免下さい」

と花嫁と主夫婦に断わり、横に並んだ小籐次の小舟に飛び移った。

小籐次は櫓を国三に預けると、おりょうの傍らを抜けて舳先に立ち、

「そなたらの祝いの魂胆、じゅうぶんに頂戴した。もはや行く手を空けて花嫁船の一行を通してくれぬか」

「久慈屋と交渉している最中だ。爺はすっ込んでろ」

「そなたに爺呼ばわりされるいわれはないがのう。わしには親から貰うた立派な名前がある」

「名があるだと。名乗ってみねえ」

「まずそなたが先に名乗るのが世間の礼儀というものだ」

「島帰りのつばくろの卓三だ」

「つばくろの卓三さんか。島抜けでもしたか」

「余計なお世話だ、名を名乗れ。そのあとで決着をつけてやる」

「赤目小籐次、世間では酔いどれ小籐次で通っておる」

「おっ」

と息を呑んだつばくろの卓三が、

「酔いどれ小籐次たあ、こんな爺か。まさか偽者ではあるまいな」

と呟いた。

「ふっふっふ」

とおりょうが微笑み、喜多造が、

「だからさ、行く手を空けなと頼んだだろうが。おめえさんが爺呼ばわりしたお方が、正真正銘の御鑓拝借、小金井橋十三人斬りの赤目小籐次様よ。どうするね、つばくろの兄い」

と伝法《でんぽう》な口調で言い放った。

「くそっ」

と罵《ののし》った卓三が仲間に目配せした。

その瞬間、小籐次の片足の爪先が小舟に積んでいた棹の下にかかり、
ひょい

と蹴り上げると片手で摑んで、蝮を振り回して花嫁船に投げ込もうとした男の胸を突き上げた。

「くえっ」

男は蝮を握ったまま築地川に転がり落ちた。

小籐次の棹がくるりと回り、つばくろの卓三に向けられると、卓三は匕首を構えて小舟に飛び込んでこようとした。

その動きを制した棹が喉元を突き上げて舟底に転がした。

一瞬の早業だ。

「来島水軍流竿刺し」

という言葉が流れたとき、御用船が急ぎ近づいてきて難波橋の秀次親分の声が響いた。

「赤目様、あとはわっしに任せて花嫁船を送って下さいな」

「おお、よいところに参られた」

と小籐次が応じ、

「つばくろの卓三の仲間ども、逃げるでないぞ。大人しく花嫁おやえ様の嫁ぐ祝いの道を空けよ」

と悪党どもに命じた。

すいっ

と喜多造が心得て船を進めた。

四

芝神明社の宵闇の拝殿を舞台とした祝言の儀式は、花嫁花婿の緊張のうちにも厳《おごそ》かに執り行われた。その儀式にも赤目小籐次と北村りょうは参列を許された。

御神酒《おみき》を干すおやえの震える手を見ながら、

「おやえさんの喜びが震えから伝わってきます。よいものですね」

とおりょうが小籐次に微笑みかけた。

「二人は相思相愛であったからのう。永年の夢が叶うたのだ。身も心も喜びに震えているのであろう」

「赤目様、私どもも祝言を挙げましょうか」

とおりょうが小籐次の耳元に囁《ささや》いた。

「えっ、なんと申された」

「ちゃんと耳に届いておりましょうに、小籐次様」

「な、なんと返答してよいやら」

「花嫁にはいささか薹が立ちすぎておりますか」

「おりょう様は薹などという言葉には生涯無縁であろう。じゃが、わしは五十路《いそじ》を過ぎて子持ちじゃからな」

「世間にはそのような夫婦はいくらもありましょう」

「まあ、ないこともあるまいが」

「お嫌でございますか」

「おりょう様、人というもの、生まれ落ちた瞬間から天命と運を持って生きていくものにござる。あまり幸せすぎて幸を使いすぎてもいかぬ。ほどほどが心地よいということがありましょう。おいぼれ爺がこうしておりょう様と同席することを嫉《ねた》む世間もあろうでな」

「嫉むお方には嫉ませておけば宜しゅうございましょう」

「体が壮健なあとには病が忍び寄る、病のあとには元気が戻ってくる。降りやまぬ雨はないように幸せが永久に続くことはない。有頂天になって、爺侍がのぼせ上がってもつまらぬ」

「ふっふっふ」

とおりょうが笑った。

「おかしゅうござるか」

「天下一の剣者が女子供には弱うございますね」

「女子供ではない。おりょう様に頭が上がらぬだけだ」

「それはなぜでございますか」

「惚れた弱みかのう」

しばし思案した小籐次が思わず呟いたとき、簡素ながら荘厳な儀式は終わっていた。

芝神明社の門前に、元禄の頃から屋台店の食べ物屋として商いを始めた料理茶屋鈴たまは、今や堂々たる総二階の大店《おおだな》に変わり、その鈴たまの二階の大広間をつなげて広い宴席が設けられていた。

その席に招《よ》ばれたのは、御三家水戸藩の江戸家老小安七郎兵衛を始め、武家方五十余人に紙問屋久慈屋の取引先の主らやはり五十人余、さらには京屋喜平など近所の住人たちに浩介とおやえの親戚筋で百七十人余の、大層な祝いの宴になった。

　おやえが白無垢から振袖にお色直しをする間に、浩介が仲人の両替商伊勢屋半右衛門と内儀のおさよの間に独りぽつねんと座っていた。その表情には、奉公人から老舗《しにせ》久慈屋の跡継ぎになる重圧と、おやえと所帯を持つうれしさが複雑に絡み合っていた。

　小籐次とおりょうの席は、むろん久慈屋の親戚筋の間ではなく、また町人の席でもなく、武家方の端に設けられてあった。ためにほぼ宴の席の真ん中に位置していた。

　上座の水戸家江戸家老の小安が、

「赤目小籐次どのや、今朝方、太田静太郎からよいものを見せてもろうた。礼を申しますぞ」

　と声をかけたので、居並ぶ武家方の会席者が驚きの顔で小安と小籐次を交互に見た。

「お目汚しではございませぬか」

「なんの、水戸家にとっては赤目小籐次大明神にござってな、今後ともよしなにお付き合いを願いますぞ」

水戸家の江戸家老と長屋住まいの酔いどれ爺が対等に話していた。一同は茫然と二人の会話を聞いていたが、

「小安様、赤目小籐次どのと入魂とは存じませんでしたな」

肥前鍋島《ひぜんなべしま》藩本家の江戸家老門坐彦兵衛が思わず尋ねた。

「殿も赤目どのを承知でな、われら親しい付き合いにござる」

と答えた小安が、

「門坐どのの分家は赤目小籐次どのと相性がようなかったのではござらぬか」

「うーむ、それを申されますな。分家がこの一人《いちにん》に引っ掻き回されて、以来、本家のわれらも江戸の町を大手を振って歩けぬのでござる。赤目小籐次と名を聞くと、ぞくりと背筋に寒気が走りましてな」

正直な気持ちを吐露して苦笑いした。

「門坐様、本日赤目様をお招きした理由の一つには、門坐様のお力で、あの話を水に流すきっかけになればと思うたゆえにございます」

久慈屋昌右衛門が言い出し、廊下に控えた男衆に合図した。すると三つ重ねの金杯と四斗樽《しとだる》が座の真ん中に運び込まれ、さらに、

「分家の代役としてご本家の江戸家老門坐様と赤目小籐次様が同じ杯で飲み分け、

あの騒ぎの決着のきっかけといたしませぬか」

　と提案した。

「久慈屋、考えたな。この話、小城《おぎ》鍋島を始め四家は悪役でな、実に都合が悪い。正直、いつまでも因縁を引きずりたくはないと思うておった」

　門坐彦兵衛が快く久慈屋の仲裁を受けた。

「赤目様、いかがにございますな」

「願うてもなき機会にござる。されど、ご本家様が承知されたとて、分家どのが承服なされようか」

「赤目どの、本家の威光で必ずや承知させてみせる」

　門坐が請け合い、小籐次も頷いた。

　座の中央に門坐と小籐次が向き合った。

「天下の酔いどれどのと飲み合うなど滅多にあるものではござらぬ。久慈屋、この金杯、どれほど入る」

「上の盃《さかずき》が三合、中の盃が五合、大盃が七合にございます」

「合わせて一升五合か、若いうちならばなんとかなったが、もはや門坐彦兵衛は齢じゃ。口をつけるだけじゃぞ」

「あとは酔いどれ様にお任せなされ」

鈴たまの若い女衆が三合の金杯に八分どおり酒を注いだ。

「赤目どの、飲み分けたあとに鍋島と赤目の間に遺恨はなし」

「門坐様、いかにもすべてが消え申す」

「ならば」

と門坐彦兵衛が三合の酒を、
くいくいっ
と二口ほど飲み、小籐次に回した。

「残り酒、頂戴いたす」

小籐次は二合半ほど残った酒の香りを嗅《か》ぎ、陶然とした顔で金杯の縁に口をつけると、酒が自然と喉に流れ込んでいった。

一瞬の間のことで、飲むというより流れ込んだ感じだった。

「お見事」

門坐彦兵衛が呟き、中の金杯を手にした。こんどは一口飲んだだけで小籐次に回し、小籐次が両手で受けると、
くいくいくいっ

と喉を鳴らして三口で飲み干した。

「な、なんと。水を飲むがごとくにと申すが、水でもこうは飲めまい」

当の門坐ばかりか、満座の会席者が呆れ顔で見守っていた。

七合の大盃になみなみと新たな酒が注がれたが、門坐はかたちばかり口を付けただけだった。

残った大盃を小籐次が悠然と両手で受け取り、女衆が介添えした。

「頂戴いたす」

ほんのりと桜色になった小籐次の顔が笑みに崩れたとき、白綸子《しろりんず》地御簾《みす》に秋模様の打掛に着替えた花嫁が、仲人のおさよに手を取られて宴の座敷に姿を見せた。

おやえの眼差しが自然に小籐次にいった。

「おやえどの、本日は格別に艶やかにございますぞ。花婿浩介さんと花嫁おやえどのの幸せを祈り、赤目小籐次、大盃を上げ申す」

挨拶した小籐次に、仲人に手を取られたままのおやえが会釈を送った。

再び酒の香りを嗅いだ小籐次が顔を上げておやえに頷き返し、盃に口をつけた。

わずかに傾けた大盃から酒精が小籐次の喉へと流れ落ち、喉を経て五臓六腑に沁みわたっていった。

大盃がゆっくりと、だが淀《よど》みなく立ち上がっていき、ついには小籐次の大顔を覆った。

おおっ！

というどよめきが満座から起こった。

小籐次はしばし盃を立てたままの姿勢を保っていたが、

はっ

と無音の気合いを発して盃を下げた。すると小籐次の顔が満面の恵比須《えびす》顔に変わって、

「おやえどの、おめでとうござる。浩介さんともども幸せになりなされよ」

と改めて祝いの言葉を告げた。

「私が初めて赤目小籐次様にお会いしたのは箱根の畑宿《はたじゆく》近くにございました。箱根に巣食う山賊に襲われかけたとき、偶さか赤目様が姿を見せられて、私どもを助けて下さいました。以来、赤目小籐次様はやえの守り神にございます。今後とも宜しくお願い申します」

とおやえが仲人に手を取られたまま挨拶し、

「承った」

と小籐次が返答すると満座から、
やんや
の喝采が起こり、緊張の座が一気に和んだ。

祝言は賑やかにも夜通し続いて夜明けを迎えていた。

夜半過ぎには、花婿と花嫁が床入りのために紅葉に飾られた花嫁船で芝口橋の久慈屋の離れ屋に戻っていた。

小籐次はおりょうを伴い、空が白み始めたころ料理茶屋鈴たまをあとにした。だが、気怠《けだる》くも乱れた宴は、いつ果てるとも知れずにまだ続いていた。それが江戸の祝言だった。

小籐次は観右衛門におりょうを望外川荘に送り届けるゆえと、密かに辞去の挨拶をして座を下がった。

芝神明社の境内に朝靄《あさもや》が流れ漂っていた。

「赤目小籐次様、二人だけでお参りしていきませぬか」

おりょうが願い、小籐次が無言で頷くと拝殿前へと進んだ。

浩介とおやえが祝言を挙げた芝神明社は正しくは飯倉《いいくら》神明宮と呼ばれ、社記に

よれば、

「六十六代一条帝（九八〇〜一〇一一）の寛弘二年（一〇〇五）九月十六日、伊勢皇大神宮を鎮座なし奉る」

とある。

威儀を正したおりょうが拝殿に向って話しかけた。

「大神様に申し上げます。今朝、この場にある赤目小籐次と北村りょうの永久《とわ》のちぎりのために、かく詣でました。末永く二人をお守り下さいませ」

と願い、驚く小籐次に向って、

「二人だけの内緒ごとにございます。本日このときから北村りょうは赤目りょうにございます。ようございますね」

「おりょう様、そなたの出世に差し障りが生じぬか」

「赤目りょうとなったことは二人だけの秘め事です。それだけにこの絆《きずな》は生涯続きます」

「赤目小籐次、夢を見ておるのであろうか」

「芝神明の大神様が立会人にございますれば、りょうは赤目小籐次様の嫁女にございます」

と重ねて念を押し、小籐次の顔を見た。

「おりょう様、赤目小籐次、住む場所はいささか離れておっても一心同体の仲、生涯をかけておりょう様をお守り申す。芝神明のおん前に誓う」

「はい」

二人は拝礼して夫婦の誓いをなした。


宇田川町の小さな船着場に行ったとき、久慈屋の一族もいた。

芝神明社の拝殿前で二人は思わず長い刻限を過ごしたようだった。

「おや、この界隈を散策にございましたか」

いささか疲れた顔の観右衛門が小籐次に尋ねた。本家の忠左衛門は船に乗り込み、ゆらゆらと上体を動かして眠り込んでいた。

「神明宮にお参りしてな、改めて久慈屋さんの商い繁盛と若夫婦の弥栄《いやさか》を願うておった」

小籐次は芝神明社を訪れた理由をこう説明した。

この夜、芝神明で二つの祝言が執り行われたことになる。だが、小籐次とおりょうのそれは二人だけの秘め事であった。

「おや、親の私が気付かぬことを赤目様にはようも気付いて頂きました。あの場に赤目小籐次様がいたればこそ、武家方と町方が仲よう談笑して時を過ごすことができました。久慈屋昌右衛門、改めてお礼を申しますぞ」

ちょうど船を舫った場所に到着した久慈屋の主が小籐次に頭を下げた。

「なんのことがございましょう」

と小籐次が答え、

「昌右衛門どの、改めて祝いを述べさせて頂きます。なんとも気持ちのよい祝言の一夜にございました」

「それもこれも赤目様とおりょう様がおられたゆえ。ささっ、わが家に戻り、場を改めて祝いの酒を飲みませぬか」

「いや、昌右衛門どの、酒は十分に祝言の席で頂戴し申した。いつまでもおりょう様の屋敷に邪魔をするわけにも参らぬ。駿太郎の風邪も治ったゆえ、おりょう様を望外川荘に送り、駿太郎を引き取って参るつもりにござる」

「おや、今日にもあちらから戻って参られますか」

「なにか差し障りがござるかな」

と小籐次が昌右衛門に訊いた。

「いえ、浩介とやえが本日にも望外川荘を訪れ、ご挨拶がしたいと言うておりましてな」

「われらより先に挨拶をなすべきところがござろう。われらに気兼ねすることなどございませんぞ」

「昼の刻限から水戸様のお屋敷にはお礼に伺わせます。その他に二、三軒回ったあと望外川荘を訪ねると、若夫婦は前々から決めていたようです。赤目様がこちらに戻られるとなるとどうしたものか」

「赤目様、一日くらい長屋に戻られるのが遅くなってもよいではございませぬか。それより私に考えがございます」

「なんでございますな、おりょう様」

と昌右衛門がおりょうに問い返した。

「浩介さんとおやえさんを今夜、望外川荘にお泊めしてはいけませぬか。屋敷の挨拶回りで気疲れにございましょう。須崎村ならばなんの心遣いもいりませぬ。若夫婦をお泊めしたいのです」

「おお、それはよい考えにございますぞ、旦那様」

と観右衛門が言い出した。

「祝言の夜は疲れきって心が休まることもありますまい。店を離れて望外川荘にて静かな一夜を過ごすのは、若夫婦にとってなによりのことでございますぞ」

「大番頭さん、うちはよいが、おりょう様や赤目様に迷惑がかからぬか」

と昌右衛門が気にかけて小籐次を見た。

「赤目様の心積もりを変えた上に、望外川荘に若夫婦を泊めてよいものでしょうか」

「昌右衛門どの、望外川荘の主は北村おりょう様にござる。主がそう申されるのであればなんの異論があろうか」

「いや、おやえは必ず大喜びしましょうな」

父親が請け合い、互いに船に乗り込んだ。

堀伝いに宇田川町を回り込んで東海道の下を潜り、浜御殿の南西側に出た。そこで久慈屋の船と小籐次の舟は別れることになる。久慈屋の船は浜御殿の西の大堀を北に向い、芝口橋の下を流れる御堀へと出る。

一方、小籐次の小舟は、浜御殿の南側を江戸の内海に向い、浜御殿の東の縁を佃島《つくだじま》と鉄砲洲《てつぽうず》の間を結ぶ佃ノ渡しへと進み、大川河口から須崎村まで漕ぎ上がることになる。

小籐次の小舟が穏やかな海に出たとき、朝日が昇ってきた。

「海から昇る日の出を久しぶりに見ました」

とおりょうが言った。

水野屋敷に奉公していたおりょうは、毎朝のように品川の海に昇る朝日を拝んでいたという。だが、須崎村は隅田川の左岸だ。日は陸から昇る。

「小籐次様、今宵は私どもが祝言を挙げた初めての夜にございます。なぜそう長屋に戻るのを急がれますか」

「駿太郎の風邪も治ったでな」

「いえ、小籐次様は未だりょうに遠慮しておられます。私どもは芝神明の大神に誓った夫婦にございます。今宵はりょうを慈しんで下さいませ」

とおりょうが大胆なことを言い、小籐次は返答に窮して、
うっ
と息を呑んだ。

第五章　うづ最後の危難

一

小籐次は久しぶりに小舟に研ぎ道具を積み込み、深川蛤町裏河岸に仕事に出た。

江戸の内海の風に吹かれながら櫓を漕ぐ小籐次は、浩介の幸せそうな顔と新妻の初々しい表情を思い浮かべていた。

昨日の夕暮れ前、望外川荘に喜多造の船で送られてきたおやえの表情は疲れ切っていた。

この日、若夫婦が無事祝言が済んだ挨拶回りのために水戸藩江戸屋敷などに出たことを、小籐次は承知していた。

おりょうが、

「おやえさん、もはや須崎村では身構えることはございませんよ。あなたが祝言の夜に申されたように、赤目小籐次という生涯の守り人もおられます。遠慮などなしに女どうしであれこれ話しましょうか」

と話しかけると、おやえがほっとした顔で頷いたものだ。

「おお、そうでした。おやえさん、湯が沸いておりますよ。湯船にゆっくりと浸かって身も心も解きほぐしてください。浴衣に着替えて気楽ななりでご一緒に夕餉を食しましょう」

「私ひとりで湯を頂戴するのですか」

「浩介さんとご一緒しますか。もはやご夫婦です、遠慮はいりませんよ」

「いえ、滅相もございません。お嬢様と湯をご一緒するなんて」

浩介が慌てて言った。

「いつまでもお嬢様では、一生おやえどのの尻の下に敷かれようぞ。浩介さん、おやえと名を呼びなされ」

と言いつつ笑みを洩らした小籐次が、

「どうじゃな、おりょう様。おやえどのと一緒に湯に入り、女どうし裸の付き合いであれこれ語るというのは」

「おお、それはよい考えにございます」

おりょうが即座に答えた。それを聞いた駿太郎も、

「じいじい、駿太郎も湯に入る」

と言い出した。

「駿太郎、そなたは男じゃ。おりょう様とおやえどのが入ったあとに、浩介さん、わしと男どうし三人で湯に入るのじゃ」

と厳しく命じた。

「そうか、駿太郎は入ってはならぬか」

「駿太郎様、この次はご一緒しましょうね」

と言い聞かせたおりょうがおやえを誘い、湯殿に向った。

「おやえどのもそなたも気疲れで初めて床を一緒にするどころではなかったか」

小籐次が浩介に訊いた。浩介が、かすかに頷き、

「おやえは初めてのこと、私とて吉原に上がったことはないとは言いませんが、一度だけで男と女が情愛を交わすことがどのようなことかよく分っておりません。昨夜は床入りしたもののお互いに顔も見られず、ただそおっと手をつないでうつらうつら寝ただけにございました」

「それでよい。そなたらは夫婦になったのじゃ。秘め事はゆっくりと時を重ねてな、深めていけばよいことよ」

「だれもが戸惑うことにございますか」

「浩介さん、いや、今や久慈屋の若旦那であったな。わしは未だ所帯を持ったことがないでな、大きなことはいえぬが、世間の夫婦の大半が年増女郎と客のように淀みなくいくものとはかぎるまい」

「あのう」

浩介が言い淀んだ。

駿太郎は台所に行って、あいらが夕餉の仕度をしているのを見ていた。暮れなずむ空を見ながらの縁側には浩介と小籐次だけだった。

「おりょう様とは」

浩介が遠慮しいしい尋ねた。

「おりょう様とわしの間柄は、世間の夫婦とはいささか関わりが違おうな。わしはおりょう様を女主と崇《あが》め、生涯お守りするだけの身じゃ」

「男と女の関わりはないと申されますので」

「浩介さん、それはそなたの想像に任せよう」

「上手に逃げられましたね」

「年の功を信じるならば、そなたら今宵はうまくいこう。なぜならば、おりょう様がおやえどのに新妻の初夜の心得をきちんと説明しておられようからな」

「あっ、そのような考えで湯殿におやえを誘われたのでございますか」

「安心していなされ。されど夫婦がうまく和合するには日にちがかかるものじゃ。よいな、無理はなんでも禁物じゃぞ」

小籐次が浩介に言い聞かせると浩介の表情は穏やかなものに変わり、はい、と素直な返答が戻ってきた。

その夜、湯に入った二組の男女と駿太郎は、浴衣に着替えて膳を前にした。おやえの表情は湯に浸かる前と明らかに違っていた。

湯殿での女二人の会話がおやえの緊張を解きほぐしていた。

うっすらと寝化粧をはいたおやえは初々しく、おりょうは艶やかであった。

杯で酒を一杯ほど飲んだおやえは、いよいよ緊張が解けたか、笑みもこぼれるようになり、その夜は早めに浩介とおやえは閨《ねや》に下がった。

次の朝、まだ眠っている駿太郎をおぶって湧水池の船着場で小舟の舫いを解こうとしていた小籐次のところに浩介が姿を見せて、黙って頭を下げた。

「ほう、その顔を見れば、うまくいったようじゃな」

「はい」

と答える浩介の顔は晴れやかだった。

「よいな、ゆっくりと慌てずに行うことじゃ。商いも夫婦のこともすべてそのようなものよ」

「赤目様のご忠告、浩介、生涯胆に銘じます」

と答えた浩介が、

「太郎吉さんとうづさんにお会いになりましたら、私どもが礼を申していたと伝えて下さい」

「産湯の盥が使われるのもそう遠いことではないか」

「また赤目様の円行灯は、私ども夫婦の生涯の護《まも》り本尊、あの灯りが点るかぎり私どもの仲は円満だと、おやえと話し合いました。お花のお礼はおりょう様ににじかに申し上げます」

「うん、それでよい」

と応じた小籐次は駿太郎の温《ぬく》もりを背に感じながら、船着場を離れたのだった。

行く手に永代橋が見えて、大川河口に小さな白波が立っていた。

新兵衛長屋に戻った小籐次が駿太郎をお麻の家に預けに行くと、お夕が、

「あら、駿ちゃん、戻って来たんだ。うちの爺ちゃん、駿ちゃんのことをきっと忘れているわよ」

と小籐次の背中から抱き取ってくれた。そこへ桂三郎が姿を見せて、

「難波橋の親分が姿を見せて、まだ赤目様はお帰りじゃないかと訊いていきましたよ。また御用ですね」

と苦笑いした。

「桂三郎どの、わしは奉行所の手先ではないのじゃがな」

「だれもが赤目様のことを頼りにしていますからね」

「勝五郎どのの口癖ではないが、あまり遊んでばかりでは釜の蓋《ふた》が開かぬでな。今日から当分稼ぎに専念する」

と宣言した。

「勝五郎どのはどうしておられる」

「昨晩は珍しく夜明かしをしたようで、明け方に床に入ったようですよ」

「それはよかった」

小籐次は新兵衛の家に駿太郎を預けると、勝五郎の眠りを覚まさないようにそおっと研ぎ道具を小舟に積んで再び内海に出て、大川を漕ぎ上がり、深川蛤町裏河岸へと続く堀へ小舟を進めた。

刻限がいささか早いせいか、蛤町の裏河岸にうづの姿はなかった。

小籐次は舟の中に研ぎ場を設けると、まず朝の早い黒江町八幡橋際の曲物師万作と太郎吉親子の家に行った。すると作業場である板の間の神棚には榊《さかき》が上がり、水が替えられた様子があって、表にも打ち水がしてあった。

軒下に吊るされた風鈴は風もないので短冊がだらりと垂れている。

「お早うござる」

と奥に向って声をかけると、太郎吉が姿を見せ、

「おっ、やっと仕事に戻ったのかい」

「何日も姿を見せず申し訳ない」

「お袋がさ、赤目様はきっと朝飯抜きだろうから呼んでこいってさ」

「なにっ、いきなり朝餉を馳走になるのか。なんとも申し訳ないが、最前から腹の虫が鳴きどおしでな、遠慮なく頂戴いたす」

小籐次は草履を脱いできれいに片付いた仕事場の板の間に上がると、

ぽんぽん

と神棚に向って柏手《かしわで》を打って拝んでから台所に行った。すると糸瓜《へちま》がぶら下がった狭い庭に面した板の間で、曲物の名人の万作が箱膳の味噌汁椀を手に小籐次を迎えた。

「親方、無沙汰をして相すまぬ」

「赤目様は人が良すぎるんだね。だれの頼みも断われねえから仕事が休みがちになる」

「これでは仕事師とは言えぬな」

「すべてを知っておられての話だ、小言も言いにくい」

「親方、太郎吉どの、久慈屋の若夫婦を始め、大旦那様方も曲物で作った産湯の盥が大層気に入った様子でな、くれぐれも礼を言うてほしいと、若旦那になった浩介さんに言われてきたところじゃ」

「へえ、あの盥を気に入ってくれたんだ」

太郎吉が嬉しそうに応じて自分の膳の前に腰を下ろした。そこへおかみのおそのが小籐次の膳を運んできた。

「なかなかの考えかとわしも思う」

「太郎吉、よかったじゃないか。赤目様に褒められたよ」

とおそのが笑い、

「次に作るときは、自分たちのためだな」

と小籐次が応じたものだ。

「うちはうづさんがいつ嫁に来てもいいようにって、知り合いの大工に頼んでさ、材料小屋の上に狭いながら座敷を建て増ししたんだがね」

おそのがどこか不満が込められた口調で小籐次に告げた。

曲物師の万作の裏庭には何年分もの曲物の材料が、乾燥させるために貯蔵されていた。その小屋に二階を建て増したというのだ。

小籐次が庭を覗くと、井戸の向こうの材料小屋がいつの間にか二階建てになっていた。

「うづさんの家では、働き者のうづさんを手放したくないらしいや。ここんとこ、うづさんは無口でよ、表情も暗いんだよ」

と太郎吉も心配げな言葉を添えた。

「うづどのの気持ちは揺れてはおるまい。それに嫁になっても仕事は続けると言うたではないか」

「うーん、そこですよ。嫁にやったらうづさんが実家の手伝いをしないと思っているんじゃないかね」

とおそのが返答した。

「うづどののことだ、ちゃんと考えておろう」

「あちら様も日銭が入る仕事をな、やめられてはなにかと差し障りがあろうじゃねえか。かといって、うちもいつまでも待つわけにはいかねえしな」

万作親方も悩みを洩らし、小籐次は茄子の味噌汁椀に箸を入れながら、

「いちどわしからうづどのに話してみるか」

と言わざるを得なくなった。

「赤目様、そうしてくれますかえ。大層助かるがね」

「相分った」

という返答に、

「話がはっきりしなければ、仲人を赤目様とおりょう様に正式に頼めないや」

万作の言葉に小籐次が黙って頷いた。

朝餉を馳走になった小籐次が研ぎの要る道具を預かり、ついでに経師屋の根岸

屋安兵衛の作業場に顔を出し、こちらからも研ぎの要る刃物をもらって蛤町裏河岸の船着場に戻った。するとうづの野菜舟があって女衆が何人か瑞々《みずみず》しい野菜を買い求めていた。

「うづどの、息災かな」

声をかけるとうづの運んでくる野菜の常連客のおきくが、

「おや、酔いどれ様はこの界隈を見限ってなかったとみえるよ」

と皮肉を言った。

「おかみさん方、申し訳なかった。駿太郎が風邪を引いて熱を出したり、なにやかにやあってな、仕事に出てこられなかったのじゃ」

「言い訳しているよ、これで何度目かね、酔いどれ様が」

「久慈屋の祝言、いかがでした」

「紙問屋の老舗じゃ。得意先が武家屋敷、町方、寺社方とわたるでな、百七十人余もの会席者で賑やかであった。その分、若夫婦には最初から気苦労の多いことでな、昨日は一日あちらこちらの挨拶回りに忙殺されたそうな」

「分限者の娘さんも大変なんだ」

「分限者であろうと貧乏人であろうと人の付き合い、営み、悩みは一緒じゃ。おりょう様が気を利かしてな、昨夜、望外川荘に若夫婦を泊めた。わしが早朝、須崎村を出る折、若旦那になった浩介さんが礼に来た。うづどのと太郎吉どのにくれぐれも礼を申してくれと言われてきた」

「礼なんてどうでもいいけど、おやえさん、よかったわ」

洩らしたうづに、小籐次は憂いとも懸念ともつかぬ心配をたしかに見てとった。だが、客の前で問うわけにもいかない。

小籐次は小舟に座して、桶に堀の水を張り、研ぎ仕度を始めると、万作親方の道具から研ぎ仕事を始めた。

昼前、うづの野菜を購う客が途切れた。

「赤目様、お茶にしない。草餅《くさもち》を持ってきたの」

「そいつは有り難い」

と仕事の手を休めた小籐次が、

「朝餉を太郎吉さんの家で馳走になった」

「なにか言ってました」

「そなたとの祝言が滞っていることを一家で案じておった。やはりうづどのが嫁に出て働き手がなくなることを、親父どのは心配しておられるのか」

「私の代わりに弟たちが野菜舟で毎朝こちらに通うことになっています。弟を助けて得意先に口利きして回るつもりです。いえ、当分は私が売り子になることを太郎吉さんの親御さんにお願いするつもりです」

「あちらでもその気のようであったぞ」

小籐次はうづの懸念が分らなかった。

「なんぞ案ずることが他にあるのではないか」

「堀切村の名主さんから私を嫁にという話が舞い込んで、お父つぁんたら欲を出しているんです。名主の倅が近々私を見に家にくるそうです」

「それはまずいな」

「私、いっそ太郎吉さんの家に逃げてこようかとも考えました。だけど、できることなら、家族や親戚みんなに祝福されて太郎吉さんのお嫁さんになりたいのです」

「それはそうじゃ。そうあらねばならぬ」

「赤目様、私はどうしたらいいんでしょう」

「まあ、待て。ここは思案のしどころじゃぞ」

竹皮に包まれた草餅を手に小籐次は考えた。

うづがその様子を心配げに見詰めていた。

長い刻限、思案した小籐次が、

「ふんふん、この手ならいけるかもしれぬ」

と呟き、草餅を無言で食しながら、

「よし」

とはっきりと言った。

「赤目様、思案がなりました」

「うづどの、茶はないか」

うづが竹筒の茶を茶碗に注いで小籐次に渡した。それをくいっと飲んだ小籐次が、

「速戦即決じゃな」

「なんです、そくせんそっけつって」

「ここは仲人のおりょう様にご出馬を願い、わしと一緒にそなたの家を急襲しようではないか。家族みんなが集まる刻限は夕刻か」

「はい、私が商いを終えて家に帰る時刻に家族全員が顔を揃えます」

「家族は何人であったかな」

小籐次は、以前うづに持ち込まれた寺島村の大百姓小左衛門の倅の強引な結婚話の折も、父親の助左衛門とは会っていないし、その他の家族のことは知らなかった。

「爺ちゃんに婆ちゃん、お父つぁん、おっ母さんに弟二人に妹二人です」

「うづどのを入れて九人な。なかなかの家族じゃな」

「下平井村では子供が五人はふつうです」

「明日、うづどのが下平井村に戻る刻限、仲人たるおりょう様とわしが同道して親父どのを説得し、できるだけ早く太郎吉さんと所帯を持てるようにしよう。それで異存はないか」

「おりょう様まで煩わしては申し訳ない気持ちです」

「わしが頼めばなんとかなろう。今日の帰りに須崎村に立ち寄り、相談して参ろう」

「お願いします」

とうづが頭を下げて、相談がなった。

「となれば急ぎ仕事を終わらせねばなるまいて」

小籐次は空の茶碗をうづに戻し、堀の水で手を洗うとやりかけの万作の鉋《かんな》の刃の研ぎを再開した。

二

おりょうはうづの空になった野菜舟に乗り込み、女どうしで話しながら北十間《きたじっけん》川《がわ》の両岸の光景を楽しんでいた。

小籐次の舟はそのあとに従っていた。乗っているのはこざっぱりとした縞《しま》の袷《あわせ》を着込んだ太郎吉だ。女舟は会話が途切れることなく続いていたが、男舟では太郎吉の緊張がぴりぴりと小籐次にも伝わってきた。

うづはこの日、いつもより早めに仕事を終え、蛤町の裏河岸で小籐次の小舟と合流した。その舟には夏の日差しを避けて日傘を差したおりょうが乗っていたが、おりょうは望んでうづの舟に乗り込み、太郎吉が小籐次の客になった。

はあっ

と太郎吉の口から溜め息が洩れた。

「大丈夫かね、赤目様」

「うづどのを見習い、堂々としておれ。おりょう様に任せておけばよい」

「赤目様の役目はなんだ」

「わしか。まあ、従者じゃな」

「じゅうしゃって、家来のことか」

「そんなところじゃ」

「なんだか頼りねえな」

「太郎吉どの、そう案じてもなにが変わるわけでもあるまい」

「そりゃそうだが、うづさんの親父さんは博奕《ばくち》にからっきし弱くてあちらこちらに借りがあるというからな。堀切村の名主の倅にうづさんを嫁にやるなんて約定してねえかねえ」

「なに、また博奕を始めたか」

うづの父親の助左衛門は、以前にも博奕で借金を拵え、富岡八幡宮《とみおかはちまんぐう》門前に一家を構えていた寅岩《とらいわ》の萱造《かやぞう》の女郎屋に、娘のうづを危うく身売りされそうになったことがあった。

あの折、小籐次が危難を救ったが、喉元過ぎて熱さを忘れたか、また賭場《とば》通いをしているのか。

太郎吉がうづの舟を気にして、

「うづさんはよ、親父さんがまた博奕に手を出していることを知られたくなくて、おれにはなにも話さないんだ。だけどよ、ここんとこうづさんの顔色が優れないのも、堀切村の一件も、賭場で拵えた借財が絡んでのことじゃねえかと思うんだがね」

「以前にも同じような話があったゆえ、いささか心配じゃな」

「だろう。だからよ、赤目様もおりょう様の家来だなんてのんびり構えていられても困るんだよ」

「相分った。せいぜい努める」

「努めるって、なにを努めるんだ」

「それは行った先の展開次第だ。今からあれこれと気を遣うてもなんの役にも立つまい」

「頼りにしていいんだかどうだか」

と呟いた太郎吉が、
はあっ
とまた溜め息をついた。

「赤目様、中川を横切りますよ」

うづの声が響いてきた。

「おう」

と応じた小籐次が櫓を握る手に力を込めた。

寛永（一六二四〜一六四四）以前の利根川の本流、古《ふる》利根川の下流域を中川と呼んだ。寛永年間、暴れ川の利根川は葛飾郡《かつしかごおり》宇和田付近から開削された新利根川によって、太日川《ふといがわ》（現江戸川）に落とされることになった。切り離された古利根川の葛西領《かさいりょう》猿ケ俣村《さるがまたむら》から下流を中川と呼ぶようになっていた。

川幅は四十間から八十間ほどと変化したが、下平井村付近でおよそ四十間と狭まり、ために流れも速くなっていた。

うづは毎朝この中川を越えて深川まで野菜を売りに来て、家計を助けてきたのだ。

夏の陽が西に傾き、流れをきらきらと黄金色《こがねいろ》に輝かせ始めていた。

うづは体をしならせながらも中川の流れを巧みにつかんで、対岸の下平井村へと小舟を寄せていく。

「太郎吉どの、うづどのはこの流れを越えて深川まで商いに通ってきたのだぞ。芯《しん》の強さは男まさり、そなたもしっかりせぬと尻の下に敷かれようぞ」

「おれ、尻に敷かれてもいい。うづさんが嫁にきてくれるならよ」

「そなたののぼせぶりもかなりのものじゃな。となると最初から勝負にならぬわ」

小籐次が呆れたところに、うづの小舟が左岸に口を開けた堀に姿を消した。続いて小籐次の舟も幅一間半ほどの堀に入ると両岸から茅が垂れて空を塞いでいた。どれほど進んだか、不意に茅が消えて空が広がり、土手に十六、七の男が立っていた。

「姉ちゃん、大変だ」

とうづの弟が叫んだ。

「どうしたの、お客様に挨拶もしないで」

うづが姉の貫禄で弟の角吉《かどきち》に注意した。

角吉は日傘をつぼめたおりょうの美しさに目が眩《くら》んだか、口をぽかんと開けたまま固まっていた。

「角吉、よだれが垂れてるよ」

「姉ちゃん、だ、だれだ」

「いつも言っているでしょう。私が深川でお世話になっている北村おりょう様に赤目小籐次様よ。太郎吉さんは承知よね」

角吉の視線がようやくおりょうから小籐次に向い、

「えっ、この爺様が酔いどれ小籐次か。姉ちゃん、だれかと間違えてねえか」

とこんどは小籐次に疑いを抱いたようで叫んだ。

「そなたはうづさんの弟御ですね」

おりょうが杭を立てただけの舟寄せに着いた小舟から問うた。

角吉が土手を飛び下りてきて、

「うんだ、角吉だ」

と叫んだ。

「角吉さん、うしろの舟のお方こそほんものの赤目小籐次様です」

「驚いたな。あの爺様がそんなに強いか」

「そのようなことより大変とはなんですね、角吉さん」

おりょうが迎えに出ていた角吉の大変という理由を尋ねた。

「堀切村から名主親子が押しかけてきてよ、姉ちゃんの体を貰い受けるだのなんだの、事を急いでるぜ」

「ああっ！」

太郎吉が悲鳴を上げた。

「しっかりして、太郎吉さん。私、お父つぁんの言いなりになんて決してならないから」

うづが太郎吉を元気づけるように叱咤した。

「姉ちゃん、まずいよ」

「なにがまずいの、角吉」

「葛飾郡を縄張りにする古利根の親分が、子分を連れてよ、名主親子と乗り込んできているんだよ」

「どうしてそんなことになっているの」

「おれに分るものか。親父がいい加減なことを言って、古利根の親分の賭場で駒《こま》札《ふだ》を借りたんじゃねえか。その肩代わりを堀切村の名主がする代わりに、姉ちゃんを嫁か妾《めかけ》にするって寸法だね。名主の倅は、小作人の女や女房に手を付ける悪たれだぜ。姉ちゃんを金で買ったくらいにしか考えてねえよ」

「だれがそんな人のところに行くものですか」

うづが憤慨した。

「それにしてもお父つぁんたら、性懲《しょうこ》りもなしに賭場に通って借金をこさえる繰り返しよ。どういう気かしら」

「考えなんかあるもんか。ただただ博奕が好きでよ、それも弱いときている。古利根の親分の賭場は、最初に勝たせてよ、あとはずっぽりと賭場に入りびたりにさせるって話だよ。親父は家族がどうなってもいいんだよ。姉ちゃんがだめなら、きよを身売りさせるくらいのことはやりかねないよ」

「きよはまだ十四よ」

「そんなこと親父に言ってくれ。お袋はよ、お父《とう》は博奕って病に取り憑かれた人間だ、うちのわずかな田地田畑まで手放したところで病は治らないと言ってるもの。姉ちゃんが仕事に出ている間、いつもよ、お父が死んでくれたらうちはどんなに家族が楽になるか、と言いどおしだよ」

小籐次もおりょうも、角吉とうづの会話でおよその事情は察した。

太郎吉は茫然自失していた。

「太郎吉さん、呆れたでしょ。私はそんなお父つぁんの娘なの。嫁にしたいなんて考えたくなくなったでしょ」

「うづさん、それはないよ。おれは、今までうづさんの大変さなんてなにも考えねえで、所帯を持ちたい、嫁になってくれとばかり望んでいたことが恥ずかしい」

と太郎吉が応じたものだ。

しばらく堀の舟寄せに沈黙が漂った。

「さあてどうしたものか、おりょう様」

「うづさんのご家族だけならば掛け合いに行くところですが、なにやらよからぬ面々が家でうづさんの帰りを待っているとなると思案が要りますね、赤目様」

「そこじゃ」

小籐次が腕組みしたとき、堀の土手上にまた足音が響いて、十一、二の男の子が弾む息で走ってきた。

「やっぱり兄《あん》ちゃんはここにいたか。あれ、うづ姉ちゃんもいるぞ」

「どうした、正太」

「お父ときよ姉ちゃんが古利根の親分に連れていかれたぞ」

「なんですって！」

うづが血相を変えて、小舟から土手へ飛び移ろうとした。それをおりょうが、

「お待ちなさい、うづさん。ここはみんなで話し合って動くことが肝心です。きよさんは十四歳と聞きました。うづさんの身代わりに連れていったとも思えませ

ん」

　とおりょうがうづを制止して、うづがはっとしたように我に返り、

「正太、お父つぁんか、古利根の親分はおっ母さんになにか言い残していったの」

　と尋ねた。

「お父はよ、うづがいないとおれは殺されるって喚《わめ》いてたぜ。きよ姉ちゃんはぶるぶる震えてた。そんでよ、親分の一の子分の亀五郎がおっ母に、うづが戻ってきたら、古利根の親分の家にこい、そしたら、きよ姉ちゃんを返す、と言ったよ」

「くそっ」

　角吉が罵り声を上げた。

「角吉、そんな言葉を使ってはいけません」

　うづがおりょうの言葉で冷静さを取り戻したように弟を注意した。

「うづどの、これでやりやすくなったではないか」

　と小籐次が言い出した。

「爺ちゃん、お父ときよ姉ちゃんが連れていかれたんだぜ」

正太が小籐次の言葉に反論した。

「いかにもそのとおりじゃ、正太さん。だがな、まあ見ておれ、堀切村の名主親子と古利根の親分は、己の首を締めようとしておるのだ」

「そうかねえ」

と角吉も首を捻った。

「まず堀切村の名主親子の名はなんだな」

「赤目様、瀬川七右衛門さんと倅は和之助さんです。堀切村の土地の半分を持っている人ですが、代々小作人には厳しい一族で、この名主さんに泣かされた小作人は数知れず」

よし、と答えた小籐次が、

「太郎吉どの、瀬川七右衛門と和之助の名を覚えたな」

「えっ、おれがなにかやるのか」

「あとで言う。ただ、今は話をしっかりと聞いておれ」

「わ、分った」

「うづどの、古利根の親分とはどんな人物か」

「古利根の親分は猿ケ俣村の小さな神社の倅で、名前は高津《たかつ》萬佑《まんすけ》です」

「なに、神官の倅か」

「猿ケ俣神社は昔から祭礼のときなど博奕場として、近郷近在の博奕好きを集める神社として知れ渡っていました。ですが、今から十年前にお上の手が入って神社はつぶれました。なんでも祭礼の時節ばかりではなくいつも賭場を開いていたからだそうです」

「ということはじゃ、高津萬佑親分はもはや寺社方とは関わりがない」

「はい。だから、博徒になって賭場をあちらこちらで開いているのだと思います」

「神社でお目こぼしに与っていた賭場の旨《うま》みが忘れられなかったかのう、古利根の萬佑親分め。それにしてもお上の手が入ったときに、ようも寺社方の厳しい沙汰が下らなかったものよ」

「なんでも稼いだ金子をすべて吐き出して、島流しは免《まぬが》れたそうです」

「どこにでも抜け道はあるものじゃ」

と感心した小籐次が、

「萬佑親分が一家を構えるのはどこじゃな」

「小村井《おむらい》村の梅屋敷に接して香取神社があるのですが、この門前で中居堀に突き出すように屋敷を構えています」

「親父どのときよさんが連れ込まれたのは、その屋敷だな」

「古利根の親分は金には吝《しわ》いから、うづ姉ちゃんがきよ姉ちゃんと代わり、堀切村の名主が親父の借金を肩代わりしたとはっきりしないかぎり、手元に置いておく算段だな。それに正太がさ、亀五郎が言い残した言葉を聞いているだろう。うづ姉ちゃんに屋敷にこいってよ。間違いねえぜ」

角吉が大人びた推量を小籐次に述べ、うづも頷いた。

「よし、太郎吉どのの出番だ」

「えっ、おれが古利根の親分の屋敷に乗り込むのか」

「いや、そうではない。わしの舟に乗って難波橋の秀次親分に今聞いたことをありのまますべて伝えるのだ。秀次親分は芝口橋より西へ一本上がった難波橋の前に一家を構えておられるでな、分からなければ土地の人に訊くがよい。それでも分らなければ久慈屋に駆け込め」

分った、と応じた太郎吉が、

「赤目様、うづさんは大丈夫だよな」

「心配いたすな。きよさんの代わりに人身御供《ひとみごくう》にするような真似はせぬ」

小籐次は小舟を下りると土手に上がった。

「赤目様、江戸に戻るのはいいがよ、中川の流れを漕ぎ渡るなんておれできないよ」

ふと気づいたように太郎吉が言い出した。

「私が太郎吉さんに従います」

「いや、うづどのは残ってもらおう。角吉さんや、そなたは中川の流れを乗り切ることができるか」

「この界隈の人間なら餓鬼の時分から中川くらい小舟だろうがたらい舟だろうが漕ぎ渡るのは朝飯前のことだ。よし、おれが太郎吉さんに従う」

小籐次の舟に太郎吉が乗り、角吉が棹を握った。

「赤目様よ、おれたちの帰りを待っててくれるんだな」

「まずうづどのの家に行き、お袋さんからも事情を聞く。それ次第ではうづどのを連れて、親父どのときよさんが連れ込まれた古利根の親分の屋敷に乗り込むやもしれぬ。じゃが、できることなら、町方が出張《でば》ってから事を決したいのだがな」

「よし、急ぎ秀次親分を連れて、おれたちは古利根の親分の屋敷に行く、それでいいかい」

角吉が小籐次に念を押した。

「それでよい」

「行ってくるぜ、うづ姉ちゃん」

うづに言い残した角吉は棹を巧みに使い、堀から後ろ向きに中川へと向って茅の間に姿を消した。

「おりょう様、お待たせ申しましたな」

うづの小舟に鎮座するおりょうに声をかけて手を差し伸べた。

「赤目様、私の出番はないのですか」

「古利根の親分の屋敷に一緒に乗り込まれますか」

「それも一興」

「おりょう様、われらがこちらに参った理由を思い出して下され。太郎吉どのとうづどのの祝言を滞りなく行うことの談判にございましたぞ」

「おお、そうでした」

「荒事はこの小籐次に任せて、おりょう様は二人が一日も早く祝言を挙げられるように話を纏めて下され」

「承知しました」

おりょうが言い、二人は堀の土手下から土手上へと上がっていった。

三

江戸府内の境をどことみるか。明和二年（一七六五）に幕府は、

「御城を中心に四里四方を以《もっ》て江戸の内」

とする御達しを出した。また天明八年（一七八八）には犯罪者の所払いの境界を、

「品川、板橋、千住、本所、深川、四谷大木戸の外」

とも触れを出した。

ともかく曖昧模糊《あいまいもこ》としていたことはたしかだ。これは行政の最高責任者にとっては大変困る事態で、町奉行、勘定奉行、寺社奉行の三奉行の間の職掌遂行に際して差し障りが生じた。

そこで文政元年（一八一八）になり、幕府評定所は、改めて「御府内」の線引きを定めた。それによると、

「絵図朱引の内を御府内と相心得候様」

とあり、御城を中心に大まかな二つの線を引いた。外側の朱引と内側の墨引《すみびき》の二つを定めたことにより新たな問題も生じた。つまり朱引の内側全域が、

「江戸＝御府内」

とする寺社方の考えと、墨引内を町奉行支配、墨引外を勘定奉行の職権支配と定められた二つの所管の支配地域が微妙に異なって、錯綜《さくそう》した。さらに監督地域が、

「町奉行、代官両支配」

という土地も存在した。

うづの家がある葛飾郡下平井村は明確に、

「御府内」

ではない。

朱引、墨引外だからである。中川を境にしたためだ。

また名主瀬川七右衛門、和之助親子が村の半分を所有するという堀切村も御府内ではない。寺島村東の中川から鐘《かね》ケ淵《ふち》へと、陸上に東から北へと線を引いたため、堀切村は府外となった。

　さて、うづの父親と妹が連れていかれた古利根の親分こと高津萬佑が一家を構える小村井村の梅屋敷と香取社のある中居堀は朱引内だが、町奉行所支配の墨引地外であった。

　うづ一家が直面した問題に関わりのある地域はいずれも町奉行所が監督差配する外にあることになる。それでも小籐次は、難波橋の秀次親分と、南町奉行所の近藤精兵衛の力を借りようと考えた。

　これまで幾たびとなく賭場に出入りして借金を拵え問題を起こしてきたうづの父親を、お上の手ではっきりと矯正すべきと考えたからだ。

　そんなわけで小籐次とうづは、舟で中川を渡り、北十間川から中居堀に入って香取社の傍らに舟を寄せた。

　夜半過ぎのことだ。

　この行動を前に小籐次とおりょうが訪ねたうづの家では、母親のきねと下の妹、祖父母が不安な表情で身を寄せ合っていたが、うづの姿を見て、

「うづ、大変なことになっちまったよ」

と訴えた。

「おっ母さん、事情は角吉と正太から聞いたわ。古利根の親分がお父つぁんとき

よを連れていったそうね」

「そうなんだよ、うづ、どうしよう。これまでお父が仕出かした悪さは二度や三度じゃきかない。一家のごくつぶしだよ。だから、わたしゃ、お父の命は諦めるけど、きよをなんとか助けたいんだよ」

と嘆いた。

「おっ母さん、私が深川で世話になっている赤目小籐次様と北村おりょう様をお連れしたわ」

うづの声で二人が三和土に入ると、うす暗い行灯の灯りにおりょうを見たきねと下の妹が、
ぽかん
と口を開いておりょうの美しさに見惚《みと》れた。老いた祖父母も言葉もないようで、ただ見ていた。

「おっ母さん、挨拶もしないでどうしたのよ。しっかりして」

「うづ、おまえの深川の得意先はお屋敷か」

「いつも言っているでしょ。望外川荘って御寮にお住まいの、おりょう様よ」

「ていへんきれいな人だが、旦那は殿様かねえ」

「歌を作る人なの」

「ふーん、で、こちらの爺様は家来かね」

「私の話を聞いてなかったの。三年前、私がお父つぁんが賭場でつくった借金のかたに女郎屋に売られそうになったとき、助けてくれたお侍さんがいたでしょ、そのお方がこの赤目小籐次様よ」

「えっ、酔いどれ様は爺様だったか」

きねが茫然と小籐次を見た。

「爺ですまんのう」

「いいえ、うづがふだんから世話になって申し訳ねえことだ。えらく強い侍ちゅうで大きな体の人かと思っただ。うづ、ほんものの酔いどれ様か」

「おっ母さん、このお方が正真正銘の赤目小籐次様なの」

「どうも信じられねえ」

「きねどの、わしのことはさておき、親父どのときよさんを取り戻す算段を考えようではないか」

小籐次の言葉にうづが小籐次とおりょうを座敷に上げた。板の間に囲炉裏が切られていたが、夏のことだ。火は熾《おこ》されていない代わりに蚊やりが焚かれていた。

おりょうと小籐次のそばにうづの下の妹が寄ってきて、じいっとおりょうを見詰めていた。

おりょうはにこにこと笑って、うづのいちばん下の妹のすえを手招きして膝に座らせた。

「こら、すえ、客人をじろじろ見るもんじゃねえぞ。きれいなべべに洟なんぞ垂らすんじゃねえぞ」

正太がすえに注意した。

「正あんちゃん、われもこげんなべべが着たい」

「すえ、大姉ちゃんも持っておらんわ。うちはお父が賭場に入りびたりで、べべなど買えるか」

と正太が怒鳴った。

「そうか、お父が賭場にいかんかったらべべが買えるか」

「買える買える、何枚も買えるぞ。だがよ、すえ、お父の博奕は病じゃ、死ぬまでやまんぞ」

正太が言い、きねが、なさけねえこった、と呟いた。祖父母は黙したままだ。

「さて、おきねどの、うづどののことじゃが、深川黒江町の曲物師太郎吉と所帯を持たせてよかろうな」

　と小籐次が念を押した。

「酔いどれ様、わたしゃそれでいい。じゃが、お父が賭場でまた借財をつくっただ。きよの身をとられてどうにもならねえ。古利根の親分は、借金を堀切村の名主が肩代わりすればいいと言うし、名主はうづが倅の嫁になれば、借金は帳消しにすると言うているだ」

「その話は、この際なしだ。おまえ様方がうづどのと太郎吉が所帯を持つことを得心してくれれば、わしがなんとかきよさんと親父どのを連れもどして参ろう」

「酔いどれ様、きよだけでいいだ。お父にはきついお灸《きゅう》を据えてもらったほうがいいだ。だけど、どんなお灸でも治るめえ。正太が言うように死ぬしか賭場通いがやむことはねえだ」

　きねが言い切った。博奕に溺れる倅を恥じてか、祖父母は相変わらず黙したままだ。

「よし、ならばなんとか手を考えようではないか」

　小籐次の提案であれこれと話し合い、刻限を見て、小籐次はうづを伴い、小村井村の古利根の親分の屋敷へと舟でやってきたところだった。

「うづどの、しばらく一人で小舟にいなされ。それがしが古利根の親分の家の様子を見てこよう」

と言い残した小籐次は中居堀に造られた舟寄せ場から香取社の横手に上がった。すると今にも消え入りそうな篝火が照らす長屋門があったが、門前は無人だった。

小籐次はそこが古利根の親分の家だと見当をつけた。

門前は無人だが、敷地の中から大勢の人の熱気が伝わってきた。どうやら賭場が立っているらしい。

(さてどうしたものか)

きよがどこに囚われているか、そのことを知るのがなにより先だと思った。

小籐次が無人の門を潜ると、大胆にも開け放たれた家の座敷に箱行灯が明々と天井から吊るされ、その下で盆茣蓙を囲んで大勢の者が丁半博奕に熱中していた。

胴元はとみれば、なんと烏帽子《えぼし》に白装束の神主のなりをした男が、銭箱を前に煙草を吹かしていた。この男が神主の倅の古利根の親分こと高津萬佑だろう。

古利根の親分の敷地は香取社と梅屋敷に接しており、手入れが入ったとき、三方に逃げられるようになっていた。高津萬佑が神主のなりをしているということは、手入れが入ったとき、香取社に逃げ込むつもりか。それにしても大胆にも開け放たれた賭場は、お上の手入れが入ることなどまるで想定していないようだった。

小籐次は母屋で開かれる賭場をよそ目に庭へと回り込んだ。

自然に生えた樹木と竹林の作り出す暗がりを進むと、味噌蔵か漬物蔵のような、蔵とも納屋ともつかぬ建物が見えた。

提灯が吊るされているところを見ると、うづの父親ときよが囚われている可能性があった。

不意に人影が蔵から姿を見せた。

浪人が着古した袴の裾を上げながら、

「酒も飲めず、寝もできず、退屈のかぎりじゃ」

と言って蔵の横手に回り、立ち小便を始めた。さらに着流しの男が出てきて、

「佐々《さっさ》先生よ、見回りの刻限だぜ。いくら小娘の見張りとはいえ、ちったあ気を張ってくれなきゃ困るじゃねえか」

と注意した。

「気を張る仕事か」

「おうさ、小娘の姉のうづはよ、酔いどれ小籐次と知り合いだそうだぜ。ひょっとしたらひょっとすることもある。親分が警戒しているのはそこんとこだ」

「兼吉、酔いどれ小籐次が江戸外れに姿を見せるものか」

「深川に研ぎ仕事に来ているというぜ。こっちにも土地勘はあるかもしれねえぜ」

「それにしても小娘の親父はどうしようもねえな。娘をかたにまた盆茣蓙の前に座って博奕だ」

「博奕は熱くなると火の消しようがねえ病だ。だから、うちが商売繁盛ってことになるんだよ。それにしても、あの親父は勝負ごとには向かねえや。場も流れも読めねえしよ、勘も悪くて度胸もねえ。ちびちび賭けているうちに積もり積もって、最後のあがきでひと晩のうちにえらい借財を重ねるってやつだ。首まですっぽり嵌り込んでどうしようもねえぜ」

と兼吉と呼ばれた着流しが言い、

「さあっ、先生、仲間を連れて見回りだよ。酔いどれに出くわすかもしれねえぜ、気をつけな」

「そのときは佐々信成、神道《しんとう》無双流の腕を披露するだけだ」

「相手は酔いどれ小籐次だ、命がけの勝負になるぜ」

「読売が大仰《おおぎょう》に書き立てるから、噂が広まるものよ。酔いどれ小籐次がなんぼのものか、それがしの刀の錆《さび》にしてくれん」

と答えた用心棒侍が蔵の中の仲間を呼び、五人で古利根の高津萬佑一家の敷地内の見回りに出ていった。

どうやら味噌蔵に残ったのは兼吉と呼ばれた着流しだけのようだった。

小籐次はきよを助け出すことを即座に決断した。

蔵の外壁に棍棒《こんぼう》や竹槍が立てかけてあった。

小籐次は鍬《くわ》の柄《え》と思える木の棒を借り受け、蔵の中に足を踏み入れた。

「佐々先生、いくらなんでも早過ぎるぜ。しっかりと屋敷の内外を見回ってきな」

蔵の入口に背を向けた兼吉が小籐次を用心棒の佐々某と間違えて言った。

小籐次は無言のまま、蔵の板の間に座らされて両手を縛《いまし》められたうづの妹を見た。きよも小籐次に気付き、何者かと恐怖の眼差しで見た。

「きよさんじゃな。もはや安心してよい」

小籐次の話しかけに兼吉が愕然《がくぜん》として後ろを振り向き、同時に胸元に手を入れて匕首を抜き放った。

「兼吉、やめておけ」

「何者だ」

「そなたが承知の酔いどれ小籐次だ」

兼吉の殺げた頰がぴくりと動き、両眼が吊り上がった。

「まさか」

一瞬、兼吉はきよのもとへと走り、小籐次を牽制《けんせい》しようと考えた。だが、すいっ
と小籐次が間合いを詰めたので、

「くそっ」

と吐き捨てると匕首を翳して小籐次へ突っ込んできた。

小籐次の鍬の柄が、がつんと兼吉の肩を砕いてその場に昏倒《こんとう》させた。手にしていた鍬の柄を捨て、兼吉の匕首を手にするときよに歩み寄り、

「姉様のうづも来ておるぞ」

と安心させながら、きよの縛めをぷつりと切った。

「よう我慢したな。姉様のもとへ参ろうか」

きよがようやく小籐次を認めたようにこくりと頷いた。


小籐次ときよが舟寄せ場に戻ったとき、ちょうど近藤精兵衛を頭にした南町奉行所の捕り方が三艘の御用船で到着したところだった。太郎吉と角吉、それに難波橋の秀次親分らも交じっていた。

「きよ」

とうづが妹の名を呼ぶと、

「姉ちゃん」

と叫んでうづの胸にきよが飛び込んでいった。

「うづさんの親父さんはどうなったんで」

と太郎吉が訊いた。

「それがな、盆茣蓙の前で博奕に夢中じゃそうな」

小籐次の言葉を聞いたうづが唖然《あぜん》として両眼を見開き、

「娘が捕まっているというのに、そんなの親じゃない」

と呟いた。

「賭場が立っているのでございますね」

「難波橋の親分、いかにもさようじゃ。古利根の親分こと高津萬佑は神官のなりをして、胴元を務めておる」

「小細工しおって」

近藤精兵衛が吐き捨てた。

「近藤どの、用心棒侍が五人ほどおる。こちらはそれがしに任せて下され」

「墨引外だと高を括《くく》って公然と賭場を立てるとは許せぬ。よし、一網打尽にしてくれん」

捕り物用の長十手を構え、捕り方一同に出張りを命じた。

「太郎吉どの、うづどのらを守っておれ」

と言い残した小籐次も近藤ら南町奉行所の捕り方に従った。

捕り方が賭場の立つ母屋を囲み、近藤精兵衛と小籐次が開け放たれた縁側の外、庭に立ったが、気付く者はいなかった。

賭場では今しも大博奕の壺が振り下ろされようとして壺振りが構えた瞬間、庭先の近藤と小籐次に気付いて動きを止めた。

「南町奉行所の手入れである。神妙に致せ！」

近藤が凛然《りんぜん》とした声で宣告し、一瞬静まり返った賭場に、

「先生、頼んだぜ」

と神官のなりの高津萬佑が叫び、

「心得た」

と縁側から飛び降りんとした佐々信成へ、小籐次がするすると間合いを詰めた。

佐々も小籐次の動きをみて、沓脱ぎ石にゆっくりと片足をかけて黒鞘の大刀を腰に戻し、鯉口をきって抜いた。

「赤目小籐次である。南町の命に従え」

と小籐次が宣告した。

「酔いどれ小籐次、いささか虚名に酔うておるようだな。佐々信成が成敗してくれん」

と言いかけると、大刀を胸の前に立てて保持し、もう一方の足を沓脱ぎ石に揃えると裸足《はだし》で庭に下りた。

小籐次は未だ次直を抜いていない。ただ、不動の姿勢で佐々の動きを見ていた。

胸前に立てられた豪剣の切っ先がゆっくりと下りてきて、小籐次の喉元に狙い

を定めた。
佐々の構えた刀の切っ先から四尺の間合いで小籐次は立っていた。
佐々が踏み込めば一瞬にして小籐次の喉に血飛沫《ちしぶき》が上がる。だが、佐々も武芸者、小籐次がなにを考えているか、迷っていた。
(なぜ刀の柄《つか》にも手をかけぬ)
この迷いがしばしの睨み合いを続けさせた。
ふうっ
と阿吽《あうん》の呼吸で間合いが切られた。
佐々信成が豪剣を寝かせると一気に踏み込んだ。大帽子の切っ先が虚空を裂いて、小籐次の喉に迫った。
だれもが、
(なぜ小籐次は動かぬ)
と考えたとき、
そより
という感じで小籐次の五体が自ら切っ先に飛び込むように動いて、人々が、
あっ

という悲鳴を上げたとき、
くるり
と小籐次の体が切っ先を掠《かす》めて回転して、踏み込んできた佐々の体と入れ替わっていた。

佐々信成は仕留めたはずの小籐次の体が風が戦ぐように流れて、二人が立っていた場所を入れ替えたとき、驚きを禁じ得なかった。

（酔いどれめ、奇剣を使いおるか）

佐々信成は素早く反転すると正眼に構えをとった。

変則の剣には正眼の構えで対処する、剣術の王道を選んだ。

再び間合い一間余で見合った。

「逃げるでない、赤目小籐次」

「逃げたのではない。そなたに刻々と変化する間合いを教えただけよ」

「いらぬ節介を」

「ならば勝負の刻ぞ」

「心得た」

佐々信成は小籐次が未だ刀の鞘に手をかけぬことを訝りながらも、踏み込む足裏を地べたに擦りつけて固めた。

息を吸い、止めた。

はっ
と佐々の体が前傾して踏み込み、大帽子を伸ばした。

わずかに遅れて小籐次が応じて腹前に右手が翻り、次直の柄に手がかかると鞘鳴りが響いた。

佐々と小籐次の体が一瞬同化して、止まった。

だが、それは一瞬で、小籐次の体が佐々の体の左側に流れて次直が深々と胴を抜いていた。

一つに重なった二つの体が再び離れた。

ぐらり
と佐々の体が揺れて踏みとどまり、だが、堪《こら》えきれずに前のめりに崩れ落ちていった。

「来島水軍流流れ胴斬り」

と小籐次の声が響いて、その場を一瞬にして圧した。

捕り方が一斉に古利根の親分一家に襲いかかった。

客は茫然自失していたが、その中の一人が逃げ出さんとして高津萬佑の傍らを走り抜けようとした。だが、行きがけの駄賃と考えたか、銭箱に手を突っ込んで、

「これまで負けた銭を貰っていく」

と萬佑の顔を見ながら叫んだ。その顔が泣いていた。

「酔いどれを手引きしたのはてめえの仕業《しわざ》か。許せねえ！」

萬佑は長脇差を引き抜くと、逃げようとした客の首筋に刃を叩きつけ、客はきりきりと舞ってその場に倒れ込んだ。そして、捕り方が萬佑を押し包んでその場に押し倒した。

捕り物は一瞬のうちに終わった。

混乱の場から大勢の人々が引き立てられたあと、小籐次の耳にうづの泣き声が届いた。

小籐次が振り向くと庭先にうづときよが立ち、

「お父」

ときよが呟く声がした。

二人の姉妹の視線の先に古利根の萬佑親分が斬り捨てた客の姿があった。なんと客はうづときよの父親の助左衛門だったのだ。

太郎吉と連れだって姿を見せた角吉も、

「親父」

と呟いた。

太郎吉がうづの傍らに寄り添い、手を握った。

小籐次はその場から門前へと引き下がりながら、助左衛門は娘らの前で自らの生と死にこう決着をつけたかと考えていた。

「また赤目様にお世話になりましたね。南町では赤目様の日頃の助勢にご褒美を出されるそうですぜ。それでこの前から赤目様につなぎをつけようとしたんですが、久慈屋の大番頭さん方がまた御用を頼むと思ってか、赤目様につないでくれないんですよ」

秀次が小籐次を見て言った。

小籐次は、秀次の言葉には答えず、うづが太郎吉と祝言を挙げる条件は整ったが、父親の死で、

(祝言はしばらく遅れそうだ)

と思っていた。だが、こんどばかりは万作親方も太郎吉も黙って承知してくれようとも考えた。

四

小籐次は浅草寺御用達《ごようたし》畳職備前屋梅五郎の広土間の一角に研ぎ場を設けさせてもらい、せっせと畳職が使う道具の手入れをしていた。

この数日、下平井村に通いづめで、うづの父親の助左衛門の死の後始末に奔走した。

古利根の親分こと高津萬佑が一家を構え、賭場を持っていた小村井村は町奉行所の支配外つまり墨引外であり、本来なれば江戸町奉行所が出張って手入れをなすところではない。

だが、南町奉行所とは馴染みの赤目小籐次の頼みだ。

与力五味達蔵の命で、定廻り同心近藤精兵衛が難波橋の秀次親分を連れて乗り込み、萬佑の賭場を急襲して手入れを行った。

胴元の萬佑は、捕り方の前でうづの父親の助左衛門を長脇差で斬り、死なせたこともあり、直《ただ》ちに召し捕られた。むろん賭場を常設的に開帳していた萬佑一家の面々もお縄になり、賭場の客もその場できびしい取調べが行われた。

小村井村が寺社方勧化場《かんげば》・代官両支配にあったところに南町奉行所の手入れが入ったため、いささか後始末が複雑になった。捕り物のあと南町奉行所が奔走し、寺社方、代官三方と話し合い、

「御府内」

なみの取調べが行われることになり、南町奉行所主導で決着が付けられることになった。

それもこれも赤目小籐次が事前に南町の助勢を願い、小籐次の背後には老中青山忠裕が控えていたこともあって円滑に進んだのだ。

小籐次らの懸念は、下平井村のうづ一家に家財召し上げなどの沙汰が下ることだったが、当人の助左衛門が胴元の高津萬佑に殺されたこともあって、一家にはなんの咎《とが》めもなく、即座の亡骸《なきがら》下げ渡しもあって、内々の弔いも執り行うことができた。

その弔いには万作一家の三人と赤目小籐次、北村おりょうが加わり、明雅山明王院燈明寺《とうみょうじ》でひっそりと済ませた。

弔いが終わったとき、祖父母や母親に代わって弔いを仕切ったうづが、

「参列の方々に申し上げます。お父つぁんの助左衛門は、博奕という病で死んだ

のでございます。あれは古利根の親分が斬ったんじゃない。お父つぁんは病が治らないのを承知していて、親分の銭箱に手を突っ込み、親分が刃を仕向けるようにして自ら命を絶った、と私ども家族は思いたいのです。お父つぁんはこれ以上、生きていたら家族に迷惑をかけると考え、あのような真似をしたのだと思います」

と呟くように挨拶した。

「大いにそうかもしれぬな」

小籐次がうづの考えに賛意を示した。

「赤目様、お蔭さまでうちにはなんのお咎めもございませんでした。日頃町奉行所と親しい赤目様に助けて頂いたからだと思います」

「わしは用心棒侍を始末しただけじゃ、助けになったかどうか」

「いえ、私は、赤目様にこれまで幾たびも助けて頂きました。幸せ者にございます」

「じゃがこたびが最後じゃぞ。これからはそなたを守るのは太郎吉どのだ」

小籐次の言葉を聞いたうづが、

「万作親方、おかみさん、こんなうづにございますが、太郎吉さんと所帯を持つことを許して頂けましょうか」

と舅《しゅうと》、姑になる二人の前に両手をついて願った。

「こんどの一件、うづさんにも一家にもなんの罪科もねえんだ。おまえさんがいうように、親父さんは博奕という病にかかって亡くなったんだ。おまえさんがその気なら深川に嫁にきねえ。それでいいな、太郎吉」

と最後は傍らの倅に念を押したものだ。

「ああ、おれの気持ちはどんなときだって変わったことはねえよ」

と答えた太郎吉が、

「親父さんが亡くなったんだ。うづさんは一家の稼ぎ頭でもある。気持ちの整理が、ちゃんとつくまで、おれは何年だって待つぜ」

太郎吉の覚悟の言葉を聞いたうづが顔を横に振った。

「太郎吉さん、お父つぁんの四十九日が済むまで待って。法事を終えたら太郎吉さんのところにお嫁に行きます」

「おっ、それでいいのか」

太郎吉が嬉しそうな声で応じた。

「明日から弟の角吉を伴い、深川に商いに出ます。そして角吉に得意先から商いのこつまですべて教え込みます。これまでもうちはお父つぁんの助けなしになんとか食べてきたんです。私は太郎吉さんのもとでご一家を助けます。それで宜しゅうございますか、親方、おかみさん」

「いいよ、それでいいよ」

おそのが泣きそうな声で答えていた。

「太郎吉どの、うづどの、これで話は決まった。親父どのの四十九日を終えたら祝言じゃぞ」

「赤目様、おりょう様、仲人をお願いしますぜ」

と万作親方が願い、

「前々からの約定じゃ、おりょう様とともに仲人を務めさせてもらおう」

と改めて小籐次が明言して、下平井村の助左衛門の弔いは終わった。

「どうだい、酔いどれ様よ、手を休めねえか」

梅五郎の声がして、小籐次は追憶から覚めた。

だが、体に覚え込ませた研ぎの手は一瞬たりとも休んでいなかったようで、ちゃんと研ぎ上がっていた。

「もうこんな刻限か」

備前屋の間口の広い店前には、強い日差しの中にも秋を思わせる光と匂いが混じっていた。

「そろそろ秋の虫が鳴きはじめるぜ」

小籐次の考えを読んだように梅五郎が言った。

「齢をとると段々日にちが早く過ぎていくように感じるのはわしだけか」

「光陰矢のごとしとはよう言うたものだな」

「みんな、茶が入ったよ」

梅五郎の女房のおせんが声をかけて、大勢の職人衆が手を休めた。

梅五郎と小籐次には別に塩饅頭と茶が運ばれてきた。

「酔いどれ様よ、奉行所から褒美を貰うって話はどうなったえ」

大きな茶碗を手にした梅五郎が訊いた。

「親方、そのようなことをよう承知でござるな」

「なあに、巷で噂になってらあな。真の話かえ」

「長屋暮らしの酔いどれ爺がお上からご褒美なんぞ貰った日には、勝手気ままに

酒を酔い食らうこともできまい。断わった」

「なんだって！　呆れたな。なんでそんなことをしたんだ。勿体《もったい》ねえじゃねえか」

梅五郎の言葉に倅の神太郎が、

「親父に奉行所から褒美をくれると言ってきたわけじゃあるめえしよ、赤目様に内々にお達しがあった話だ。そいつを赤目様が断わったからって、親父がいきり立って、文句をつけることもないじゃないか」

「神太郎、こんな話、滅多にあるこっちゃねえんだぞ。酔いどれ様はよ、過日も滝野川村に一族郎党を率いて立て籠った御番組頭をよ、お上に代わって独りで始末なさったんだぞ。この騒ぎを鎮めただけでも百両や二百両の価値はある。ご褒美くらい大手を振って貰ってもいいじゃねえか」

「そこが親父と赤目様の違うところよ。だいいち考えてもみねえ。赤目小籐次ってご仁のことはよ、お上が褒めなくても、おれたちがとくと承知だよ。お上がぐだぐだぬかすよりずっと偉えんだ」

「まあな、言われりゃ、そのとおりだがよ。うちの研ぎ師がお上から褒められたみてえに、おれもこの界隈で自慢したかったぜ」

最後は梅五郎が残念そうに呟いたものだ。そして、不意に視線を小籐次に戻し、話柄を変えた。

「おお、そうだ。川向こうの美形様の商いはどうだえ」

「芽柳派の女宗匠のことかな。すでに百人は超えたそうな」

「ほう、大したものだな。百人から束脩を貰うと、なんぼになるのかね。女ひとりの暮らしが立つのかね」

「親父、北村おりょう様にはどなたが従っておられるんだ」

「神太郎、そりゃ、この酔いどれ小籐次様よ」

「ならば心配あるめえが」

「ところが、お上からご褒美を下さるというのにそれを断わるご仁だぜ、どうも頼りになるんだかならないんだか、おりゃ心配だ」

と梅五郎が本気で案じた。

「あら、酔いどれ様がいるよ。ここんところ赤目様が出世したんでさ、この界隈なんかお見かぎりかと思ったよ」

と通りがかりのおかみさんが小籐次に気付いて声をかけてきた。

「出世じゃと。酔いどれ爺に出世話は無縁じゃぞ」

「えっ、あれだけ読売に書き立てられて出世はなしかえ」

「おくめさん、このご仁にはないない。なにしろお上がご褒美をくれようというのを断わったくらいだ」

「勿体ないよ」

だろう、と梅五郎がおくめに言い、

「おくめさん、研ぎに出す包丁があるんならさ、早いとこ研ぎ代と一緒に持ってきな。この次、いつ姿を見せるか分らないからよ」

と小籐次に成り代わり応じた。

「なんだい、出世はしないが、酔いどれ様には年寄りの手代さんが付いたかえ。小うるさくてかなわないよ。はいはい、ただ今、うちのなまくら包丁と研ぎ代を持って戻ってきますよ」

裏長屋の住人のおくめが備前屋の前から姿を消したが、すぐに帰ってきて、

「これがうちの。他の出刃と菜切り包丁は、隣のおちょうさんのだよ」

と差し出した。

「よし、もうひと働きしようか」

「なにっ、うちのは途中にしてそっちが先か」

「親方のところの道具は、どう足掻《あが》いたところで一日では終わらぬでな、明日も

参る」

「参るって、口約束では心配だ」

「ならば道具を預けていこう」

「それならばおくめさんに順番を譲ろう」

昼下がりの一刻、小籐次は浅草寺寺領、駒形町から八軒町の長屋の住人がふだん使いする包丁を研いで時を過ごした。

七つ半（午後五時）の刻限、一段落したところで研ぎ場を片付け、

「親方、こちらのやり残した仕事は明日片付ける。それでよいな、親方」

と土間の隅に商売道具を置いた。

「それならばよし」

一日じゅう吸っていた煙管《キセル》のやにをこよりで掃除しながら梅五郎が満足げに応じて、

「どうだい、一杯付き合わねえか」

と手で杯を持つ仕草で誘《いざな》った。

「いや、今日は長屋の連中に早く帰ると約束したでな、お誘いは他日にいたそう。駿太郎も待っておるでな」

「そうかえ。じゃあ明日ではどうだ」

「明日ならばお相伴に与りたい」

「そうこなくちゃ」

梅五郎が応じるところにおせんが、

「赤目様、知り合いの魚屋が鰯がたくさん余ったって持ってきたんだよ。塩を振っておいたから長屋にお持ちよ」

竹笊に三、四十四はあろうかという数の鰯を差し出した。

「おかみさん、鰯はわしの好物じゃ。長屋に配ると喜ばれよう。よし、これで長屋に顔が立つ」

小籐次は鰯を入れた笊を提げて、

「親方、おかみさん、ご一統、また明日お邪魔致す」

と挨拶すると備前屋を辞去し、大川右岸の駒形堂に舫った小舟に向った。

小籐次が芝口新町の堀留に小舟を入れたとき、新兵衛長屋の狭い庭に子供の声が響いていた。

去りゆく夏を惜しむように子供たちが歓声を上げて、その中に駿太郎の声も交じっていた。子供たちを仕切るのはお夕だ。

「駿太郎、お夕ちゃん、ただ今戻った」

小籐次が櫓から棹に替えて堀留の石垣に舟を寄せた。

「じいじいだ」

駿太郎らが石垣に走り寄ってきた。その後ろから勝五郎が、

「おーい、酔いどれの旦那よ、なんぞ話のタネは拾ってきたか」

と呼びかけた。

「勝五郎どの、わしは読売屋の手先でも奉行所の下っ引きでもないぞ」

「それは分っているがよ、こう暇だとどうしようもないや」

「また釜の蓋が開かぬか」

「米櫃がかさこそ音を立ててらあ」

「これで我慢をしてくれ」

備前屋がくれた鰯の入った竹笊を勝五郎に渡した。

「なんだい」

と覗き込んだ勝五郎が、

「かたちのいい鰯じゃねえか、活きがいいね。海から揚がったばかりのように光

ってるよ。こいつを長屋で分けろってかえ」

「なんぞ知恵があるか」

「ある」

と勝五郎が即答して、

「久慈屋が娘の祝言で世話になったというので一斗樽を置いていったぜ。持ってきたのは小僧の国三さんだ。あいつも大人になったね、無駄口きかないもの」

「本家で修業の最中だ。当然のことじゃ」

「酔いどれの旦那、酒があって塩を振った鰯がある。となると」

「どうなのだ」

「火を熾してよ、鰯を焼いて一杯飲まないか」

「そいつはいいな。じゃが、その前に駿太郎を連れて仕舞い風呂に行ってきたいが、よいか」

「赤目様、駿ちゃんは私たちと一緒に行水したわよ」

とお夕が答え、

「ならば酔いどれの旦那、その足で湯屋に行ってきねえ。おれが長屋じゅうを呼び集めて鰯を焼く仕度をしているからよ」

「よいのか、手伝わなくて」

「酒も魚も酔いどれの旦那が頂戴したものだ。手伝いはいくらもいるよ。おきみ、おはやさん、お麻さんよ、全員集合だ！」

勝五郎が声を張り上げたのを横目に、小籐次は着替えと湯の道具を持って町内の湯屋に駆け付けた。

小籐次は湯を落とす前の湯に一人のうのうと浸かり、一日の疲れを湯の中で揉《も》み解《ほぐ》して汗も一緒に流した。

さっぱりした小籐次は着替えの下帯に浴衣を着て、着ていたものをくるくると丸めて帯で結び、番台に座ったおうみに、

「湯を落とすのを待たせてしもうたな」

と詫びた。

「酔いどれ様、そんなことどうでもいいけど、新兵衛長屋から煙がもうもうと上がってるわよ。なにか宴会でもやる気」

「あれか、鰯を頂戴したでな、長屋じゅうで鰯を焼いて暑気払いに一杯飲もうという寸法だ。どうじゃな、一緒に参らぬか」

「ありがたいお誘いだけどさ、亭主が風呂の掃除をしているのを横目に酒は飲めないわね」

と断わられた。

湯屋を出ると夕風が小籐次の頰を撫でた。

風の中にも季節の移ろいがあった。

新兵衛長屋に近付くにつれてもうもうたる煙が夕空に立ち昇り、鰯を焼く匂いが漂って、一段と高い子供たちの歓声が響いてきた。すでに長屋じゅうが夕餉の菜を持ち寄って庭に集まっている様子だ。

(望外川荘の暮らしもいいが、わしにはこちらのほうが性に合うておる)

と小籐次はつくづく思った。するとおりょうの苦笑いの顔が脳裏に浮かんだ。

(おりょう様はわしにとっては女神様じゃ、一緒に暮らすなど恐れ多いわ)

小籐次は長屋の木戸を潜った。すると勝五郎が、

「酔いどれの旦那よ、女じゃねえんだ、長湯過ぎるぜ。さあっとひとっ風呂って具合にいかないものか」

「待たせたか」

「いいえ、頃合いにございますよ」

と井戸端にいた桂三郎が笑い、

「赤目様の頂戴物ですべて賄《まかな》い、なにやら恐縮にございます」

「桂三郎どの、一人で飲み食いするより、こうして長屋じゅうで飲み食いするほうがどれほど美味いか、ご馳走か」

「ほれ、男どうしぼそぼそ話してねえで。ささっ、酒を一杯お注ぎしますよ」

すでに酔った様子の勝五郎の口調に小籐次は苦笑いをしながらも、ほんのりとした幸せを実感した。

ふと虚空を見上げると蒼色《あおいろ》に濁った空に月がぽっかりと浮かんで、長屋のささやかな宴を見下ろしていた。

巻末付録

刀を研いで観にいこう

文春文庫・小籐次編集班

小籐次の生きた江戸の空気を感じ、お伝えするべく、これまで小籐次編集班は様々なことを体験してきた。和紙を漉いたり、坐禅を組んだり、滝に打たれたかと思えば、ただひたすら歩いてみたり……。ここで筆者、ひとつ思い当たった。小籐次と言えば、無類の強さを誇る剣術遣いであり、生業としての刃物研ぎ、これを抜きには語れない。されど、迂闊であった、刀を研いでいないではないか！　今回は、知られざる刀研ぎの世界を覗いてみよう。

と、大上段に構えたところで、包丁をキッチン用の便利グッズでゴシゴシと研いだことがある程度。まずは、小籐次の研ぎ方を振り返ってみる。

小籐次は研ぎ場に揃えられていた無数の砥石類から伊予砥の一つを選び、錆を落とし、形を整える作業に入った。

裂帛《さいで》を巻いた孫六兼元を右手でしっかりと握り、左手は刀身に軽く添えただけで前方に押し出すように力を入れ、引くときは力を抜いて研ぎ始めた。（『孫六兼元』より）

お馴染みの愛刀「孫六兼元」は、本巻でも祝言の場として登場した芝神明社の大宮司の危機を救ったことで譲られたもの。小籐次は、高尾山の霊水で孫六を研いだのであった。

それにしても、刃を石に当ててひたすら押したり、引いたり……地味な作業である。刀鍛冶が、赤く燃える鉄をハンマーで激しく打つお馴染みの姿に比べるとなおさらだ。しかし、刀鍛冶によって刀の良し悪しがほぼ決まるように考えるのは、どうやらとんちんかんな考えらしい。

「刀の切れ具合も、美術工芸品としての美しさも、実は研師の仕事が決めているんですよ」

そう語るのは刀剣の研師、長岡靖昌さん。製薬会社の研究員を脱サラ後、カメラマンを経て、三十代で研師となったという異色の経歴を持つが、その腕は刀剣研磨・外装技術発表会で入賞するなど、折り紙付きの職人である。

「どんな刀も美しく後世に伝えたい」と語る長岡靖昌さん

台東区浅草橋の仕事場の暖簾をくぐると、まず目を引くのは部屋の半分を占める「研ぎ舟」。大きさや形状はほぼダブルベッドで、青森のヒバ材で作られた研ぎ専用の設備だが、自らの小さな研ぎ舟で研ぎ仕事をする小籐次が浮かんだ。

早速、不躾な質問。刀の研ぎって、どんな仕事なのですか？

「金属研磨ですから、錆をとり、形を整え、切れるようにすることが大前提です。ほかの刃物の研磨との違いは、刃だけではなく、全ての部分を磨き上げることです」

刀とは片刃の刀剣で、刀身は切れる部分である「刃」と、その反対側の切れない部分の「地《じ》」に分けられる。地の縁は「棟《むね》（峰《みね》）」と呼ばれ、時代劇で「安心せえ、峰打ちじゃ！」と言えば、斬るのではなく、棟で打ち付けているのだ（ただし、打撲や骨折だけでなく、打ち所が悪いと命の危険もあったらしい）。刃と棟の間、刀身の中央に山形に高くなっている筋を「鎬《しのぎ》」と呼ぶ。断面を見ると、刃から鎬を経て棟まで、刀身にはふっくらとした丘陵状の厚みがあり、これを損なわないように研ぐのが、平面的な包丁の場合と異なる難しさらしい。

「研ぎ技術は訓練すればある程度できるようになりますが、工芸品としての美しさを足すにはセンスが求められます。たとえば、刀身を見て気付くことはありますか？」

長岡さんが手にする刀をじっくりと見てみる。ステンレスのようなピカピカの鏡面ではなく、白っぽいところと、黒い部分がある。

「刃は白く、地は黒というコントラストが日本刀らしさであり、際立った美しさです。様々な砥石を使い分けて、刀身の形や色合いを引き出していきます。何はともあれやってみましょう」

筆者が渡されたのは赤く錆だらけの刀。この錆を研いで除去する。研ぎ舟に上がり、高さ二十センチぐらいの腰掛けに浅く座る。目の前に置かれた砥石が動かないよう、「踏まえ木」というへの字形の木の棒で押さえるのだが、足の配置が難しい。右足を立て、かかとで踏まえ木を踏む。右膝を抱え込むように右脇の下に固定し、上体が動かないようにする。ぐらぐらして研ぎ面が狂わないようにするためだ。一方の左足は胡坐で、足の親指と人差し指で踏まえ木を挟んで固定。そのまま上体を倒して研ぐ……のだが、年相応に出張った腹が、苦しいと文句を言っている。

次に、右手で手ぬぐいを巻いた刀身を上から持ち、左手は茎《なかご》（柄に納めて、手に持つ部分）をしっかりと持つ。て、手ぬぐい一枚で刀を持って大丈夫？と不安になる。それを察した長岡さんに「力任せにやっても指の皮がめくれる程度」と言われても、抜き差しならぬ緊張は解けない。砥石を水で濡らし刀身を置き、前後に動かして研いでいく。当然ながら研いでいる面が見えないので、少し研いでは目視で確認、を繰り返す。シューシュー。研ぐ音だけが静かに響く。

「お〜研師だね〜（笑）。まず体勢が辛いので、なかには砥石に手が届かない人もいます。ただ、その角度だと、鎬の線がなくなって丸くなっちゃいますよ。包丁は面で研ぎますが、刀は線で研ぐ。研ぎたい場所に合わせて、砥石に当てる角度を変えないといけません。一か所失敗すると、それをフォローするために他を削ることになってしまう。目で見て、手で感じて、音を聞くことが大事です」

続く「仕上げ研ぎ」を実演してもらう。

無言で刀を研ぐ〝職人〟気取り

錆を落とす作業では、安価で品質が均一の人造砥石を使うが、刃の色合いなどを際立たせる仕上げ研ぎでは、天然の砥石が必須だという。特に、「内曇砥《うちくもりと》」という最も細かい砥石は、世界中でも京都の一部の地域でしか産出されない貴重な石だ。これを厚さ一ミリ以下にして漆で和紙に貼り、五ミリ角ほどにした小片（刃艶《はづや》）を親指の腹につけて刃を細かく研いでいく。すると、刃が白っぽいグレーになる。次に、刃艶を粉々にして鉄に対する作用を強くした小片（地艶《じづや》）で地を研ぐと、今度は黒になっていく。大きな砥石で研ぐイメージとは異なる、実に繊細な工程が続くのだ。

わずか十数分間の作業で、錆だらけの鉄の棒が、俄かに刀っぽくなってくる。地の黒を背景に、曇り気味の白刃が鈍く光る。その妖しさには思わずうっとりしてしまった。「刀の魅力を分かりやすく伝えたい」という長岡さんの教えに従い、初心者でも分かる刀の見所を三点ご紹介しよう。付け焼刃な知識であることはご容赦を。

その１　姿

日本刀の特徴といえば、刀身の「反《そ》り」である。人間の腕の軌道は円形であるから、反りのある刀は振り回して斬りやすい。戦闘の中心が騎馬武者だった鎌倉時代には、馬上から届くように刀身が長く、反りの強い刀が作られた。室町時代になって足軽主体の戦闘になると、邪魔にならないように短く反りのある刀が主流となり、集団戦闘が減り、一対一

初心者でも分かる
名刀ベスト3 +1

研師・長岡靖昌氏監修

1位 山鳥毛《さんちょうもう》

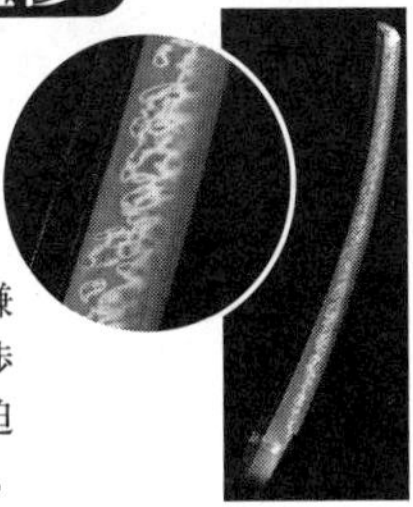

国宝。備前刀の一文字派による太刀で、上杉謙信が佩用。上越市が3億2千万円での購入を交渉していると話題に。丁子刃の刃文は唯一無二の迫力。写真は、人間国宝・故隅谷正峯による写し。

2位 月山《がっさん》

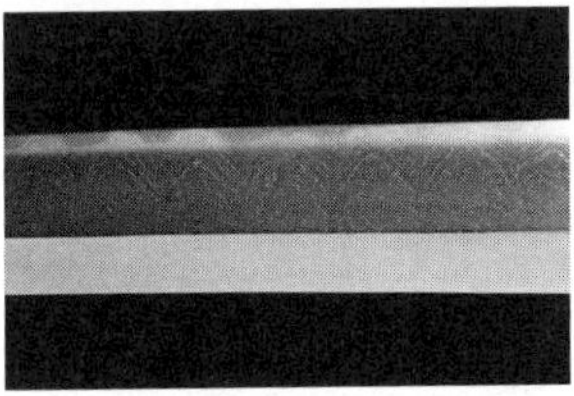

鎌倉時代から現代まで続く奥州の刀工一派。青黒い地鉄《じがね》に独特の波うったような綾杉肌《あやすぎはだ》が特徴。

3位 長谷部

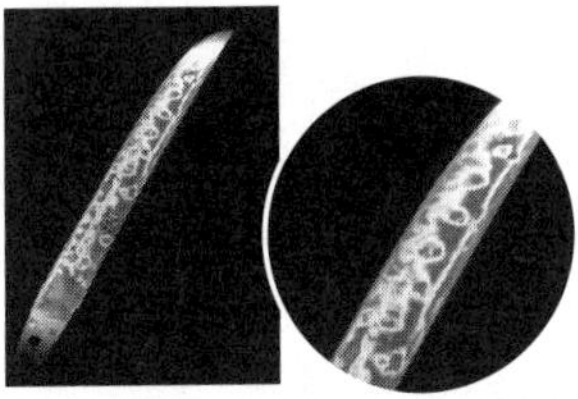

南北朝時代に山城国で栄えた鍛冶集団。刀身全体に入った沸き立つような刃文は皆焼《ひたつら》と呼ぶ。

御存知!
孫六兼元

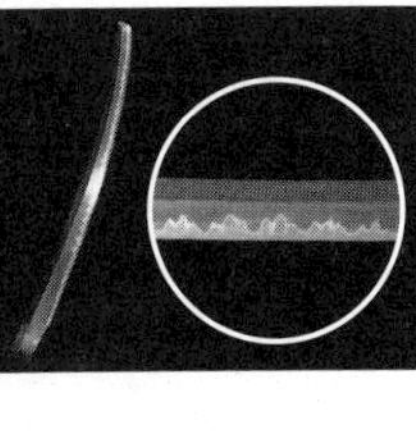

頭が尖った3つの互《ぐ》の目の刃文が特徴的で分かりやすい。「関の孫六三本杉」と賞された。

の尋常勝負となる江戸時代には、真っ直ぐの刀が増え、再び長くなった。反りがないと突きはしやすいが、腰に差すときは反りがあった方が抜きやすい。刀の機能美を語る上で、反りは欠かせないポイント。

その2　刃文と地文

日本刀の刃先の模様といって浮かぶのは、白い波形だろう。これを「刃文」と呼ぶ。刃先を高温で熱して急冷することでより硬度の高い鋼にする焼き入れの工程で出来る模様のことで、波形以外にもたくさんの種類がある。たとえば、三三五ページ掲載の刀の刃の模様はそれぞれ異なる。たくさんの花が咲いているような「丁子文《ちょうじもん》」（国宝の「山鳥毛」）や、泡が沸き立つような「皆焼《ひたつら》」（南北朝時代の刀匠・長谷部国重らの刀）、三本の杉が峰に並んで生えているような「三本杉」（「孫六」）。

実は、地の黒い部分も無地ではなく模様がある。刀は鉄を何度も折り返して作られるが、その折り目が、木目のような模様になって現れるのだ。月山一派の特徴的な文様「綾杉肌《あやすぎはだ》」は枯山水庭園の砂紋のようで美しい。

刃文も地文も、作られた時代や場所、刀匠によって特徴が出る。「大海原の、のたりのたりとした波のようなのたれ文」と聞いて模様が浮かぶようになれば、鑑賞するのも楽しくなるはず。

その3 伝来

目の前の刀が、誰が持ち、誰によって伝えられてきたか。源頼朝の「成高《なりたか》」、上杉謙信の「備州長船《おさふね》住景光」、織田信長の「義元左文字」、明治天皇の「上杉太刀」……。そんな歴史ロマンに酔いしれてみるのもまた一興。

どのようなきっかけでもいいと、長岡さんは言う。

「刀は実際に手にすることができる美術品です。千年前の刀が現代に伝えられたのは、多くの研師の努力の賜物です。研ぎが刀身を減らす作業である以上、些細なミスやいい加減な仕事で刀の寿命は一気に目減りしてしまいます。どんな刀も五十年もすればくすみ、研ぎ直さねばなりませんから、伝承していくのは容易なことではない。自分がした研ぎは百年後には残っていませんが、日本の伝統文化をしっかりと後世に伝えていきたいですね」

すっかり刀の言い知れぬ美しさに魅入られた筆者。お気に入りの刀を探そうと、長岡さんの許を辞し、おっとり刀で東京国立博物館へ急いだ。週末の夜二十時過ぎ。さすがに館内は人もまばらだったが、常設展示している刀剣のコーナーに足を踏み入れると、俄かに熱気を帯びる。二十代か、三十代と思しき若い女性が大挙して真剣な眼差しで刀を鑑賞している。しかも、みな一様に拡大鏡を覗き、カメラのシャッターを切っている。聞き耳を立てるまでもなく話し声が聞こえた。「太刀 手掻包永《てがいかねなが》」を指差して曰く、「表と裏で刃文を変えるなんて斬新！」。かの石田三成の愛刀を前にまた曰く、「『石田切込正宗』って、見るからに理屈っぽいよね」……分かるような、分からないような。しかし愛情は伝わってくる。

そして極めつけは、彼女たちが張り付いて全く動こうとしないガラスケースにあった。「三日月宗近《みかづきむねちか》」――。平安時代の作とされ、光にかざすと三日月形の刃文が浮かび上がるのが名前の由来。足利将軍家から豊臣秀吉、その正室北政所、徳川秀忠を経て伝来した名品中の名品らしい。それにしてもこの人だかりは何なのか。そっと隣の女性に聞いてみると、思わぬ答えが返ってきた。「ゲームの人気キャラクターなんですよ」。なんでも刀を擬人化したゲームらしい。調べてみると、「三日月宗近」は見目麗しい貴公子だった。

日本の伝統文化を受け継ぐ。その最前線に畏れ入った一夜だった。

【長岡日本刀研磨所】http://togishi.net/index.html
【東京国立博物館】http://www.tnm.jp/
【参考文献】渡邉妙子・住麻紀『日本刀の教科書』（東京堂出版）

本書は『酔いどれ小籐次留書　祝言日和』（二〇一二年二月　幻冬舎文庫刊）に
著者が加筆修正を施した「決定版」です。

DTP制作・ジェイ　エスキューブ

文春文庫

祝《しゆう》言《げん》日《び》和《より》

定価はカバーに
表示してあります

酔《よ》いどれ小籐次《ことうじ》（十七）決定版《けつていばん》

2017年12月10日　第1刷

著　者　佐《さ》伯《えき》泰《やす》英《ひで》
発行者　飯窪成幸
発行所　株式会社 文藝春秋

東京都千代田区紀尾井町 3-23　〒102-8008
TEL 03・3265・1211㈹
文藝春秋ホームページ　http://www.bunshun.co.jp

落丁、乱丁本は、お手数ですが小社製作部宛お送り下さい。送料小社負担でお取替致します。

印刷製本・凸版印刷

Printed in Japan
ISBN978-4-16-790983-3

佐伯泰英

文庫時代小説◎全作品チェックリスト

二〇一七年十二月現在
監修／佐伯泰英事務所

どこまで読んだか、
チェック用にどうぞご活用ください。
キリトリ線で切り離すと、
書店に持っていくにも便利です。

掲載順はシリーズ名の五十音順です。
品切れの際はご容赦ください。

キリトリ線

佐伯泰英事務所公式ウェブサイト「佐伯文庫」http://www.saeki-bunko.jp/

双葉文庫

居眠り磐音 江戸双紙

いねむりいわね えどそうし

□①陽炎ノ辻 かげろうのつじ
□②寒雷ノ坂 かんらいのさか
□③花芒ノ海 はなすすきのうみ
□④雪華ノ里 せっかのさと
□⑤龍天ノ門 りゅうてんのもん
□⑥雨降ノ山 あふりのやま
□⑦狐火ノ杜 きつねびのもり
□⑧朔風ノ岸 さくふうのきし
□⑨遠霞ノ峠 えんかのとうげ
□⑩朝虹ノ島 あさにじのしま
□⑪無月ノ橋 むげつのはし
□⑫探梅ノ家 たんばいのいえ
□⑬残花ノ庭 ざんかのにわ
□⑭夏燕ノ道 なつつばめのみち
□⑮驟雨ノ町 しゅううのまち
□⑯螢火ノ宿 ほたるびのしゅく
□⑰紅椿ノ谷 べにつばきのたに
□⑱捨雛ノ川 すてびなのかわ
□⑲梅雨ノ蝶 ばいうのちょう
□⑳野分ノ灘 のわきのなだ
□㉑鯖雲ノ城 さばぐものしろ
□㉒荒海ノ津 あらうみのつ
□㉓万両ノ雪 まんりょうのゆき
□㉔朧夜ノ桜 ろうやのさくら
□㉕白桐ノ夢 しろぎりのゆめ
□㉖紅花ノ邨 べにばなのむら
□㉗石榴ノ蠅 ざくろのはえ
□㉘照葉ノ露 てりはのつゆ
□㉙冬桜ノ雀 ふゆざくらのすずめ
□㉚侘助ノ白 わびすけのしろ
□㉛更衣ノ鷹 きさらぎのたか 上
□㉜更衣ノ鷹 きさらぎのたか 下
□㉝孤愁ノ春 こしゅうのはる
□㉞尾張ノ夏 おわりのなつ
□㉟姥捨ノ郷 うばすてのさと
□㊱紀伊ノ変 きいのへん
□㊲一矢ノ秋 いっしのとき
□㊳東雲ノ空 しののめのそら
□㊴秋思ノ人 しゅうしのひと
□㊵春霞ノ乱 はるがすみのらん
□㊶散華ノ刻 さんげのとき
□㊷木槿ノ賦 むくげのふ
□㊸徒然ノ冬 つれづれのふゆ
□㊹湯島ノ罠 ゆしまのわな
□㊺空蟬ノ念 うつせみのねん
□㊻弓張ノ月 ゆみはりのつき
□㊼失意ノ方 しついのかた
□㊽白鶴ノ紅 はっかくのくれない
□㊾意次ノ妄 おきつぐのもう
□㊿竹屋ノ渡 たけやのわたし
□51旅立ノ朝 たびだちのあした

【シリーズ完結】

□シリーズガイドブック
「居眠り磐音 江戸双紙」読本
（特別書き下ろし小説・シリーズ番外編
「跡継ぎ」収録）

キリトリ線

キリトリ線

□居眠り磐音 江戸双紙 帰着準備号
橋の上《はしのうえ》
（特別収録「著者メッセージ＆インタビュー」「磐音が歩いた『江戸』案内」「年表」）

□吉田版「居眠り磐音」江戸地図
磐音が歩いた江戸の町
（文庫サイズ箱入り）
超特大地図＝縦75㎝×横80㎝

ハルキ文庫
鎌倉河岸捕物控《かまくらがしとりものひかえ》

□①橘花の仇《きっかのあだ》
□②政次、奔る《せいじ、はしる》
□③御金座破り《ごきんざやぶり》
□④暴れ彦四郎《あばれひこしろう》
□⑤古町殺し《こまちごろし》
□⑥引札屋おもん《ひきふだやおもん》
□⑦下駄貫の死《げたかんのし》
□⑧銀のなえし《ぎんのなえし》
□⑨道場破り《どうじょうやぶり》
□⑩埋みの棘《うずみのとげ》
□⑪代がわり《だいがわり》
□⑫冬の蜉蝣《ふゆのかげろう》
□⑬独り祝言《ひとりしゅうげん》
□⑭隠居宗五郎《いんきょそうごろう》
□⑮夢の夢《ゆめのゆめ》
□⑯八丁堀の火事《はっちょうぼりのかじ》
□⑰紫房の十手《むらさきぶさのじって》
□⑱熱海湯けむり《あたみゆけむり》
□⑲針いっぽん《はりいっぽん》
□⑳宝引きさわぎ《ほうびきさわぎ》
□㉑春の珍事《はるのちんじ》
□㉒よっ、十一代目！《よっ、じゅういちだいめ》
□㉓うぶすな参り《うぶすなまいり》
□㉔後見の月《うしろみのつき》
□㉕新友禅の謎《しんゆうぜんのなぞ》
□㉖閉門謹慎《へいもんきんしん》
□㉗店仕舞い《みせじまい》
□㉘吉原詣で《よしわらもうで》
□㉙お断り《おことわり》
□㉚嫁入り《よめいり》
□㉛島抜けの女《しまぬけのおんな》

□シリーズガイドブック「鎌倉河岸捕物控」読本
（特別書き下ろし小説・シリーズ番外編「寛政元年の水遊び」収録）

□シリーズ副読本
鎌倉河岸捕物控 街歩き読本

双葉文庫
空也十番勝負《くうやじゅうばんしょうぶ》 青春篇《せいしゅんへん》

□①声なき蝉《こえなきせみ》 上
□②声なき蝉《こえなきせみ》 下
□③恨み残さじ《うらみのこさじ》

講談社文庫

交代寄合伊那衆異聞
こうたいよりあいいなしゅういぶん

□ ① 変化 へんげ
□ ② 雷鳴 らいめい
□ ③ 風雲 ふううん
□ ④ 邪宗 じゃしゅう
□ ⑤ 阿片 あへん
□ ⑥ 攘夷 じょうい
□ ⑦ 上海 しゃんはい
□ ⑧ 黙契 もっけい
□ ⑨ 御暇 おいとま
□ ⑩ 難航 なんこう
□ ⑪ 海戦 かいせん
□ ⑫ 謁見 えっけん
□ ⑬ 交易 こうえき
□ ⑭ 朝廷 ちょうてい
□ ⑮ 混沌 こんとん
□ ⑯ 断絶 だんぜつ
□ ⑰ 散斬 ざんぎり
□ ⑱ 再会 さいかい
□ ⑲ 茶葉 ちゃば
□ ⑳ 開港 かいこう
□ ㉑ 暗殺 あんさつ
□ ㉒ 血脈 けつみゃく
□ ㉓ 飛躍 ひやく

【シリーズ完結】

ハルキ文庫

長崎絵師通吏辰次郎
ながさきえしとおりしんじろう

□ ① 悲愁の剣 ひしゅうのけん
□ ② 白虎の剣 びゃっこのけん

光文社文庫

夏目影二郎始末旅
なつめえいじろうしまつたび

□ ① 八州狩り はっしゅうがり
□ ② 代官狩り だいかんがり
□ ③ 破牢狩り はろうがり
□ ④ 妖怪狩り ようかいがり
□ ⑤ 百鬼狩り ひゃっきがり
□ ⑥ 下忍狩り げにんがり
□ ⑦ 五家狩り ごけがり
□ ⑧ 鉄砲狩り てっぽうがり
□ ⑨ 奸臣狩り かんしんがり
□ ⑩ 役者狩り やくしゃがり
□ ⑪ 秋帆狩り しゅうはんがり
□ ⑫ 鵺女狩り ぬえめがり
□ ⑬ 忠治狩り ちゅうじがり
□ ⑭ 奨金狩り しょうきんがり

キリトリ線

□⑮神君狩り《しんくんがり》

【シリーズ完結】

□シリーズガイドブック
夏目影二郎「狩り」読本
（特別書き下ろし小説・シリーズ番外編
「位の桃井に鬼が棲む」収録）

祥伝社文庫
秘剣《ひけん》

□①秘剣雪割り《ひけんゆきわり》 悪松・棄郷編《わるまつ・ききょうへん》

□②秘剣瀑流返し《ひけんばくりゅうがえし》 悪松・対決「鎌鼬」《わるまつ・たいけつかまいたち》

□③秘剣乱舞《ひけんらんぶ》 悪松・百人斬り《わるまつ・ひゃくにんぎり》

□④秘剣孤座《ひけんこざ》

□⑤秘剣流亡《ひけんりゅうぼう》

新潮文庫
古着屋総兵衛初傳《ふるぎやそうべえ　しょでん》

□光圀《みつくに》
（新潮文庫百年特別書き下ろし作品）

新潮文庫
古着屋総兵衛影始末《ふるぎやそうべえかげしまつ》

□①死闘《しとう》

□②異心《いしん》

□③抹殺《まっさつ》

□④停止《ちょうじ》

□⑤熱風《ねっぷう》

□⑥朱印《しゅいん》

□⑦雄飛《ゆうひ》

□⑧知略《ちりゃく》

□⑨難破《なんぱ》

□⑩交趾《こうち》

□⑪帰還《きかん》

【シリーズ完結】

新潮文庫
新・古着屋総兵衛《しん・ふるぎやそうべえ》

□①血に非ず《ちにあらず》

□②百年の呪い《ひゃくねんののろい》

□③日光代参《にっこうだいさん》

□④南へ舵を《みなみへかじを》

□⑤○に十の字《まるにじゅうのじ》

□⑥転び者《ころびもん》

□⑦二都騒乱《にとそうらん》

□⑧安南から刺客《アンナンからしかく》

キリトリ線

□ ⑨ たそがれ歌麿《たそがれうたまろ》

□ ⑩ 異国の影《いこくのかげ》

□ ⑪ 八州探訪《はっしゅうたんぼう》

□ ⑫ 死の舞い《しのまい》

□ ⑬ 虎の尾を踏む《とらのおをふむ》

□ ⑭ にらみ《にらみ》

祥伝社文庫

完本 密命《かんぼん みつめい》

□ ① 完本 密命 見参《けんざん》！ 寒月霞斬り《かんげつかすみぎり》

□ ② 完本 密命 弦月三十二人斬り《げんげつさんじゅうににんぎり》

□ ③ 完本 密命 残月無想斬り《ざんげつむそうぎり》

□ ④ 完本 密命 刺客《しかく》 斬月剣《ざんげつけん》

□ ⑤ 完本 密命 火頭《かとう》 紅蓮剣《ぐれんけん》

□ ⑥ 完本 密命 兇刃《きょうじん》 一期一殺《いちごいっさつ》

□ ⑦ 完本 密命 初陣《ういじん》 霜夜炎返し《そうやほむらがえし》

□ ⑧ 完本 密命 悲恋《ひれん》 尾張柳生剣《おわりやぎゅうけん》

□ ⑨ 完本 密命 極意《ごくい》 御庭番斬殺《おにわばんざんさつ》

□ ⑩ 完本 密命 遺恨《いこん》 影ノ剣《かげのけん》

□ ⑪ 完本 密命 残夢《ざんむ》 熊野秘法剣《くまのひほうけん》

□ ⑫ 完本 密命 乱雲《らんうん》 傀儡剣合わせ鏡《くぐつけんあわせかがみ》

□ ⑬ 完本 密命 追善《ついぜん》 死の舞《しのまい》

□ ⑭ 完本 密命 遠謀《えんぼう》 血の絆《ちのきずな》

□ ⑮ 完本 密命 無刀《むとう》 父子鷹《おやこだか》

□ ⑯ 完本 密命 烏鷺《うろ》 飛鳥山黒白《あすかやまこくびゃく》

□ ⑰ 完本 密命 初心《しょしん》 闇参籠《やみさんろう》

□ ⑱ 完本 密命 遺髪《いはつ》 加賀の変《かがのへん》

□ ⑲ 完本 密命 意地《いじ》 具足武者の怪《ぐそくむしゃのかい》

□ ⑳ 完本 密命 宣告《せんこく》 雪中行《せっちゅうこう》

□ ㉑ 完本 密命 相剋《そうこく》 陸奥巴波《みちのくともえなみ》

□ ㉒ 完本 密命 再生《さいせい》 恐山地吹雪《おそれざんじふぶき》

□ ㉓ 完本 密命 仇敵《きゅうてき》 決戦前夜《けっせんぜんや》

□ ㉔ 完本 密命 切羽《せっぱ》 潰し合い中山道《つぶしあいなかせんどう》

□ ㉕ 完本 密命 覇者《はしゃ》 上覧剣術大試合《じょうらんけんじゅつおおじあい》

□ ㉖ 完本 密命 晩節《ばんせつ》 終の一刀《ついのいっとう》

【シリーズ完結】

□ シリーズガイドブック
「密命」読本
（特別書き下ろし小説・シリーズ番外編
「虚けの龍」収録）

キリトリ線

文春文庫
小籐次青春抄《ことうじせいしゅんしょう》

□品川の騒ぎ《しながわのさわぎ》・野鍛冶《のかじ》

文春文庫
酔いどれ小籐次《よいどれことうじ》

□①御鑓拝借《おやりはいしゃく》
□②意地に候《いじにそうろう》
□③寄残花恋《のこりはなよするこい》
□④一首千両《ひとくびせんりょう》
□⑤孫六兼元《まごろくかねもと》
□⑥騒乱前夜《そうらんぜんや》
□⑦子育て侍《こそだてざむらい》
□⑧竜笛嫋々《りゅうてきじょうじょう》
□⑨春雷道中《しゅんらいどうちゅう》
□⑩薫風鯉幟《くんぷうこいのぼり》
□⑪偽小籐次《にせことうじ》
□⑫杜若艶姿《とじゃくあですがた》
□⑬野分一過《のわきいっか》
□⑭冬日淡々《ふゆびたんたん》
□⑮新春歌会《しんしゅんうたかい》
□⑯旧主再会《きゅうしゅさいかい》
□⑰祝言日和《しゅうげんびより》
〈決定版〉随時刊行予定
□⑱政宗遺訓《まさむねいくん》
□⑲状箱騒動《じょうばこそうどう》

文春文庫
新・酔いどれ小籐次《しん・よいどれことうじ》

□①神隠し《かみかくし》
□②願かけ《がんかけ》
□③桜吹雪《はなふぶき》
□④姉と弟《あねとおとうと》
□⑤柳に風《やなぎにかぜ》
□⑥らくだ《らくだ》
□⑦大晦り《おおつごもり》
□⑧夢三夜《ゆめさんや》
□⑨船参宮《ふなさんぐう》

光文社文庫
吉原裏同心《よしわらうらどうしん》

□①流離《りゅうり》
□②足抜《あしぬき》
□③見番《けんばん》
□④清掻《すががき》
□⑤初花《はつはな》
□⑥遣手《やりて》
□⑦枕絵《まくらえ》

□⑧炎上《えんじょう》
□⑨仮宅《かりたく》
□⑩沽券《こけん》
□⑪異館《いかん》
□⑫再建《さいけん》
□⑬布石《ふせき》
□⑭決着《けっちゃく》
□⑮愛憎《あいぞう》
□⑯仇討《あだうち》
□⑰夜桜《よざくら》
□⑱無宿《むしゅく》
□⑲未決《みけつ》
□⑳髪結《かみゆい》
□㉑遺文《いぶん》
□㉒夢幻《むげん》
□㉓狐舞《きつねまい》
□㉔始末《しまつ》
□㉕流鶯《りゅうおう》

□シリーズ副読本
佐伯泰英「吉原裏同心」読本

光文社文庫

吉原裏同心抄《よしわらうらどうしんしょう》

□①旅立ちぬ《たびだちぬ》
□②浅き夢みし《あさきゆめみし》

ハルキ文庫

シリーズ外作品

□異風者《いひゅもん》

キリトリ線

文春文庫　書きおろし時代小説

（　）内は解説者。品切の節はご容赦下さい。

稲葉　稔
ちょっと徳右衛門
幕府役人事情

剣の腕は確か、上司の信頼も厚いのに、家族が最優先と言い切るマイホーム侍・徳右衛門。とはいえ、やっぱり出世も同僚の噂も気になって…新感覚の書き下ろし時代小説！

い-91-1

稲葉　稔
ありゃ徳右衛門
幕府役人事情

同僚の道ならぬ恋を心配し、若造に馬鹿にされ、妻は奥様同士のつきあいに不満を溜めている。リアリティ満載の新感覚時代小説！　家庭最優先の与力・徳右衛門シリーズ第二弾。

い-91-2

稲葉　稔
やれやれ徳右衛門
幕府役人事情

色香に溺れ、ワケありの女をかくまってしまった部下の窮地を救えるか？　役人として男として、答えを要求されるマイホーム侍・徳右衛門。果たして彼は〝最大の敵〟を倒せるのか。

い-91-3

稲葉　稔
疑わしき男
幕府役人事情　浜野徳右衛門

与力・津野惣十郎に絡まれた徳右衛門。しまいには果たし合いを申し込まれる。困り果てていたところに起こった人殺し事件。徒目付の嫌疑は徳右衛門に――。危うし、マイホーム侍！

い-91-4

稲葉　稔
五つの証文
幕府役人事情　浜野徳右衛門

従兄の山崎芳則が札差の大番頭殺しの容疑をかけられた。潔白を証明せんと一肌脱ぐ徳右衛門。が、そのせいで妻のあらぬ疑いを招くはめに。われらがマイホーム侍、今回も右往左往！

い-91-5

稲葉　稔
人生胸算用

郷士の長男という素性を隠し、深川の穀物問屋に奉公に入った辰馬。胸に秘めるは「大名に頭を下げさせる商人になる」という決意。清々しくも温かい時代小説、これぞ稲葉稔の真骨頂！

い-91-11

風野真知雄
死霊の星
くノ一秘録3

彗星が夜空を流れ、人々はそれを弾正星と呼んだ――。松永弾正久秀が愛用する茶釜に隠された死霊の謎。狐憑きが帝の御所で跋扈するなか、くノ一の蛍は命がけで松永を探る！

か-46-26